A MARCA DA ESTRELA

CAMILA PRIETTO

Abajour BOOKS

São Paulo, 2016

A MARCA DA ESTRELA

Copyright© Abajour Books 2016
Todos os direitos para a língua portuguesa reservados pela editora.
A Abajour Books é um selo da DVS Editora Ltda.

Nenhuma parte dessa publicação poderá ser reproduzida, guardada pelo sistema "retrieval" ou transmitida de qualquer modo ou por qualquer outro meio, seja este eletrônico, mecânico, de fotocópia, de gravação, ou outros, sem prévia autorização, por escrito, da editora.

Ilustração Capa: Danielle Felicetti Muquy
Revisão: Giuliana Trovato

```
       Dados Internacionais de Catalogação na Publicação (CIP)
                  (Câmara Brasileira do Livro, SP, Brasil)

       Prietto, Camila
          A marca da estrela / Camila Prietto. --
       São Paulo : Abajour Books, 2016.

          ISBN 978-85-69250-09-8

          1. Ficção juvenil I. Título.

16-06433                                              CDD-028.5
                 Índices para catálogo sistemático:

          1. Ficção : Literatura juvenil   028.5
```

Ao Mestre das Letras James McSill
que com sua alma generosa iluminou meus
passos literários como tutor, mestre e amigo.

INTRODUÇÃO

Amor, ciúme e angústias somam-se a joias misteriosas, adolescentes poderosos e segredos escondidos. Clara é uma garota de treze anos um pouco diferente das amigas, não se interessa por maquiagens, arrumar o cabelo ou paquerar garotos. Mas, ao seguir Felipe – o aluno novo e "paixonite" de todas as garotas do colégio –, encontra um portal que a leva a outra Dimensão. Lá, separa-se das outras versões de sua personalidade, a Clara Emocional e a Clara Instintiva, e só poderá contar com a ajuda de Felipe, o odiado garoto, para encontrar um anel que lhe permita voltar para casa.

Enquanto isso aprenderá a conviver consigo mesma – em um único corpo ou em corpos separados –, descobrirá os estudantes da Sociedade da Luz e desenvolverá poderes que a tornarão capaz de enfrentar o temível Anjo da Morte. Esses são alguns dos ingredientes que dão sabor a essa original estória. Uma obra que reúne fantasia e suspense num universo novo e atraente.

Capítulo 1

Clara não sabia mais onde enfiar a cara. Ela sempre ficava sem jeito e as bochechas ardiam quando as amigas começavam a falar em garotos. O olhar buscava outro tema, o que era uma tarefa quase impossível tendo como cenário o jardim do colégio e os alunos preocupados em chegar logo a suas casas.

— Você está fazendo de novo! – a amiga Juju disse e, puxando o rosto de Clara, a encarou. – Pensa que não sei que está querendo fugir do assunto?

— Que assunto? Não estou fugindo de nada!

— Então fala logo! O que você acha dele?

— Não acho nada! – Clara encerrou, transbordando impaciência.

"Esse garoto de novo?"

Não entendia o fascínio que o aluno novo causava nas amigas. Antes, quando o sinal de saída tocava, ela e Juju fugiam da sala de aula o mais rápido possível e, em pouco tempo, ocupavam os dois melhores bancos do jardim do colégio. Logo as outras meninas chegavam e, então, era só assistir ao corre-corre de alunos e professores rumo às suas casas, e, óbvio, fofocar um pouco sobre todos que passavam por lá. Mas agora estava chato demais, o assunto não mudava, "todos" tinham virado "um": Felipe! Suas amigas só queriam falar desse insuportável. Foi só o garoto moreno e alto entrar pela porta da sala de aula para que todas as meninas o elegessem "a bola da vez". Antes falavam em batons, sombras ou pintar o cabelo... Agora só comentavam sobre Felipe. Seria sempre assim? Um único assunto chato? Quando falariam de algo que a interessaria? Foi então que os olhos de Clara se depararam com o "sujeito" das orações das amigas descendo a escada entre as salas de aula feito uma avalanche.

Felipe correu pela área que circundava o jardim central do colégio, desviando dos alunos e professores que saíam das salas de aula. O garoto novo se comportando de forma estranha não era bem uma novidade, mas agora parecia fugir de alguém – e isso, sim, era algo suspeito.

Clara nem queria saber! Que fosse extravagante e até anormal, ela também não daria atenção àquele garoto.

"Aposto que todas as meninas estão babando ao vê-lo se achando um agente secreto!", ela pensou, e logo em seguida perdeu a paciência consigo mesma. Como se já não bastassem os olhos colados em cada movimento dele, os pensamentos também o acompanhavam. Queria bater com a cabeça na parede e esquecer o assunto, mas as meninas não deixariam.

Mesmo sabendo o que encontraria, buscou o olhar das amigas. E qual não foi a surpresa ao perceber que nenhuma delas tinha sequer notado que ele estava por ali? Melhor assim. Não teria que ouvir suspiros ou "nossa!", "oh!", "que lindo!". Lançou um sorriso com ar de deboche. Quando o assunto era os garotos, as amigas ficavam cegas para o que mais queriam: eles. Como nenhuma delas reparara em Felipe correndo pelo jardim em direção à fonte? Ainda mais com aquele jeito suspeito!

Chegando à fonte, Felipe diminuiu a velocidade até parar. Parecia procurar alguma coisa na água, o que era ainda mais esquisito; afinal, todos sabiam que o colégio era bem rígido quanto a jogar qualquer coisa dentro da fonte. No ano anterior, um garoto foi expulso por jogar flores. Foi um exagero, mas aconteceu. De repente, ele bateu as mãos na água, chegando até a jogar um pouco para fora da fonte.

Havia algo de muito estranho naquela história e Clara não perderia a chance de descobrir o que era. Levantou-se sorrateiramente e, enquanto o olhar saltitava entre as amigas e o garoto suspeito, aproximou-se dele com cuidado para não ser vista nem pelas garotas, nem, muito menos, por Felipe. Percebeu, então, um grande arbusto bem atrás dele. Ali estava perfeito, ela poderia observá-lo e, quem sabe, até enxergar o que ele tanto olhava na água.

Enfiando-se em meio às folhas, notou que, além de ter mais espinhos do que ela teria imaginado, também não conseguia ver nada – a não ser, claro, as grandes costas de Felipe. Esticou-se o quanto pôde; mas, mesmo na pontinha dos pés e se arranhando mais, não adiantou. Que ideia mais estapafúrdia tentar ver por cima do ombro de um garoto que deveria ser, pelo menos, o dobro do tamanho dela!

"Também, custava esse garoto se mexer?", pensou ela. "O que será que tem de tão interessante lá?"

Com as pontas dos dedos, segurou um pequeno pedaço de caule liso em meio aos espinhos e o empurrou. Foi abrindo espaço entre as folhagens e já avistava a superfície da água quando Felipe mergulhou de roupa e tudo.

O estômago de Clara gelou. O corpo estremeceu.

"Loucura! Maluquice mesmo! Onde esse garoto está com a cabeça?"

Correu até a fonte e, debruçando-se sobre a borda, procurou por ele. Foi quando tudo piorou.

"Felipe desapareceu?"

A água imóvel e cristalina não seria capaz de escondê-lo. Sem acreditar, os olhos insistiam em vasculhar cada pedacinho do fundo ladrilhado da fonte. Nada. Para onde ele teria ido? De uma coisa tinha certeza: o garoto irritante pulara na fonte, que não deveria ter mais que um metro de profundidade, e desaparecera. Não estava louca. Tinha certeza e não deixaria que ninguém duvidasse disso.

"Vou encontrar esse garoto ou não me chamo Clara!"

CAPÍTULO 2

Nem quando criança acreditava em mágicos, não seria agora que começaria a se deslumbrar com ilusões. Com passos rápidos, Clara rodeava a fonte em um vai e vem desenfreado. Mantinha os punhos cerrados e só interrompeu esse movimento ao morder a lateral do dedo indicador.

"Felipe saiu por algum lugar, não pode ter se dissolvido na água", ela pensava. "Ou vão me dizer também que ele é feito de açúcar?"

Considerando o jeito que as meninas se comportavam perto dele, até parecia que sim. Neste caso, ela deveria ser diabética, tamanho o desconforto a lhe revirar o estômago cada vez que se aproximava dele.

A água da fonte espelhava o azul do céu coalhado de nuvens e a calmaria só intensificava a curiosidade de Clara. Foi quando, bem no meio da fonte, algo reluziu conquistando sua atenção. Entretanto, foi tão rápido e inconsistente que presumiu ser um reflexo do sol brilhando forte bem no meio do céu. Sentou-se na borda e já começava a se achar *maluquinha da cabeça* quando, de novo, o brilho apareceu. Piscou algumas vezes até que um lampejo mais forte veio seguido por um jato d'água que esguichou para o alto, formando um laço. Em seguida, voltou puxando o corpo de Clara para dentro da fonte.

Em turbilhão, a água a engolia feito um enorme ralo a sugar. Como era possível uma fonte tão pequena e rasa ter se transformado no que parecia um enorme oceano tempestuoso? De repente, um solavanco a empurrou para baixo, arrancando-a com violência do fluxo giratório. No mesmo instante, seus pés tocaram o que deveria ser o fundo. Cravando os pés no chão, certificou-se de ter um bom apoio e deu um impulso para cima. De uma hora para outra, metade do corpo saiu da água como se, até aquele momento, ela estivesse agachada. Clara foi coberta por uma brisa fria.

Percebeu que estava no meio de um lago, dentro de uma gruta, e a única saída era uma escada que emergia da água e seguia para a entrada de um túnel dentro de uma rocha.

De repente, uma voz masculina cochichou ao pé do ouvido dela.

– Não se apavore, sei o que estou fazendo.

Todo o seu corpo se arrepiou.

"Felipe?"

Procurando ao redor, não encontrou ninguém. Seria mesmo ele ou a imaginação lhe pregando uma peça?

A mesma voz sussurrou de novo, só que desta vez no outro ouvido.

– Não confia em mim?

– Felipe! – ela chamou sem resposta.

Foi inevitável sorrir. Aquele tom grave e o jeito sabichão de pronunciar as palavras eram inconfundíveis. Era hora de descobrir o "mistério do Felipe". O que ele estava aprontando seria suficiente para o colégio lhe aplicar uma suspensão? Ela torcia para que sim. Na verdade, torcia para que fosse alguma coisa bem pior, algo que terminasse em uma transferência de colégio ou até de país! Dirigiu-se à escada e logo pôde enxergar os primeiros degraus submersos. Começou a subi-los. No momento em que os pés saíram da água, uma rajada de vento gelou seu corpo e secou suas roupas. Estavam tão secas quanto antes de Clara ser sugada pela fonte. Tudo começava a ficar esquisito demais.

"Que maluquice estou aprontando só para me vingar daquele insuportável?"

Algo dentro dela dizia, e até insistia, para que fugisse. Sem conseguir ignorar o apelo interno, parou por um segundo. Mas quando o olhar correu escada acima, vislumbrando todo o mistério que poderia envolver uma escadaria tão mal iluminada, a voz interna se calou e Clara não resistiu.

Subiu com passos curtos, porém consistentes, até sentir uma presença ao redor. Não parou, apenas reduziu a velocidade. Sem fazer muito estardalhaço, verificou tudo pelo canto do olho. Não viu nada, mas a sensação de que alguém a acompanhava ou, melhor, a escoltava, só crescia. Um bafo quente, unido a uma respiração ofegante, instalou-se bem perto da sua nuca. Um impulso interno pedia que gritasse, entretanto, outro manteve a fala em um tom de desabafo:

– Tem alguém aí?

CAPÍTULO 2

Não obteve resposta. Sem entender por que havia ido a um lugar tão escuro atrás de um garoto antipático que só pegava no pé dela desde o primeiro dia em que se viram, Clara continuou a subir.

A vida toda estudou no mesmo colégio. Não era uma garota muito regrada, mas sentar-se na mesma carteira desde os sete anos de idade – o que não fazia tanto tempo assim, afinal ainda tinha treze anos – era um dos poucos rituais que ela seguia. Juju, sua melhor amiga, entrara no colégio há três anos e sempre se sentara na carteira à frente da que pertencia a Clara. E não é que o abusado do Felipe havia se sentado no lugar de Clara e, marrento como era, não saiu mais? Suspeitava que ele tivesse feito de propósito, sentar-se atrás de Juju, a líder das meninas, para infectá-la com uma paixonite aguda que a fazia ficar com cara de boba sempre que ele estava presente. Na primeira vez que Clara o encontrou, ainda tentou ser simpática, pediu licença e explicou que aquele era *o seu* lugar. Felipe, de óculos escuros e com os pés sobre a carteira, achava-se "o descolado". Demorou um tempo até ele baixar os óculos e, sem nem mesmo tirá-los, a olhou de cima a baixo, entortou a boca e fez bico. Então, colocou as botas sujas no chão e olhou para a carteira como se procurasse alguma coisa. Em seguida, voltou a cobrir os olhos com as lentes escuras e resmungou:

– Não encontrei nenhum nome escrito aqui.

"Nome escrito?" Ela queria escrever "abusado" na testa dele com a própria unha, mas segurou a agressividade. Primeiro porque Felipe era bem maior do que ela e segundo já tinha se aproveitado demais da paciência dos professores com suas discussões em sala de aula. Olhou bem para a cara dele e, mordendo a lateral do dedo indicador como fazia sempre que precisava conter a raiva, jurou para si que baixaria a "crista" daquele garoto. Talvez fosse isso o que a impulsionava escada acima com tão pouca luz. Era sua chance de fazer Felipe engolir aquelas palavras que ficaram atravessadas na garganta de Clara por tanto tempo. "Nome escrito..." Ela jurou para si que ele pagaria caro por cada unha roída. Se é que um dia chegaria ao fim daquela escada.

Seu pé não encontrou o degrau seguinte. Clara tombou e despencou no vazio sem saber se a escada sumira ou se ela, com pensamentos tão distantes, não avistara os últimos degraus. Caiu sentada no chão úmido. Praguejou, enquanto se levantava, até que uma faísca brilhou, mas se apagou em seguida, deixando Clara na penumbra. A fagulha, então, surgiu de novo e piscou ligeiramente, tremelicando até acender e revelar um corredor mal iluminado. A fagulha foi se distanciando e o corredor mostrou-se bem longo e estreito. Ao longe, no fundo, uma imagem fez Clara quase perder o fôlego. O que ela pensava ser uma simples faísca era Felipe segurando uma tocha. Ele se distanciava, iluminando o túnel. Imediatamente, pôs-se a segui-lo.

CAPÍTULO 3

Clara começava a ficar cansada de procurar por Felipe em túneis cada vez menos iluminados e mais estreitos. Como se já não bastasse levar um tombo por causa do *insuportável*, ele também desaparecera tão rápido quanto o piscar da luz que o desvendou.

Mais um túnel se apresentava.

"Será que vou chegar a algum lugar ou estou andando em círculos?", perguntava-se, enquanto seguia à procura de Felipe. Caso os túneis fossem mesmo retos como pareciam, seria difícil ela ainda estar nos arredores do colégio; ou seja, para onde quer fosse, estaria longe demais para voltar a tempo de almoçar.

– Você ainda está aí? – A voz de Felipe invadiu o lugar.

O coração de Clara foi até a boca. Ela paralisou, sem saber ao certo se o susto era por ter sido descoberta ou pelo tom cordial com que o garoto lhe dirigia a palavra. Olhou ao redor, contudo, não encontrou ninguém. Apertou os olhos tentando enxergar apesar da escuridão, mas também não adiantou.

"Talvez seja melhor dizer alguma coisa", ela pensou.

– Estou aqui, Felipe – replicou, sem acreditar que ele responderia.

– Achei que tivesse desistido. Não faça isso! É melhor seguir em frente. – A voz vinha do fim do corredor.

– Eu? Não... não teria como... – E começou a seguir o som.

– Onde você está? – Felipe perguntou de modo brusco.

– Estou aqui! Onde *você* está?

Esperou um pouco, mas a falta de resposta levantava dúvidas angustiantes: por que Felipe falara com ela? Por que não reclamara de ter sido seguido? E mais, por que chamara a sua atenção para, então, desaparecer? Fora o diálogo mais longo que já tiveram e não esperava mais dele. O que, pensando bem, já era bem esquisito. Felipe não era de conversar, ficava sempre sozinho e, às vezes, até parecia não se lembrar bem dos professores ou das tarefas dadas. Era um garoto bem estranho. Ela parou por um segundo. Só faltava essa. Será que a voz era uma criação da sua mente? Não... Não. Isso não aconteceria com ela. Ou aconteceria?

A luz diminuiu, tornando-se uma fraca luminosidade ao fim do túnel. Clara seguiu, apoiando-se na parede por medo de trombar em algo ou cair em um buraco. Logo descobriu a origem da claridade: uma porta de madeira iluminada por uma pequena chama sobre ela. Não era bem uma porta como a de uma casa, com batente e paredes, era um pedaço de tronco velho com grossas saliências na madeira – aparentava ter sido arranhada por um animal feroz. E pior, não tinha maçaneta, só um buraco. Deu um passo em direção à porta, mas hesitou. Andara irritada demais com o garoto novo – o que não confessaria nem mesmo para si mesma – e acabara transformando a missão de descobrir o que ele aprontava em uma aventura aparentemente ameaçadora. Não se importou. O caminho levava àquela porta. Felipe só poderia estar lá dentro. Não era hora de recuar, mas de acabar logo com o suspense.

Quanto mais aproximava a mão da porta, mais os dedos tremiam. Por fim, conseguiu. Empurrou um pouco e o bloco de madeira se movimentou, soltando um rangido áspero que antecipou a saída de um feixe de luz para o corredor escuro. Aos pouquinhos, Clara aproximou o rosto da madeira e deixou o olhar escapar para dentro do misterioso cômodo. A luz era forte demais para ver qualquer coisa, o que a instigava ainda mais a entrar. Sem sequer imaginar que fosse capaz de atitude tão impensada, ela empurrou a porta de uma vez. As vistas foram inundadas pela luminosidade ao mesmo tempo que um rangido ecoou das dobradiças velhas.

"O que estou fazendo?"

As pernas se ouriçaram para fugir. Apesar de o coração pulsar forte, não o fez. Ela estava decidida a descobrir o que Felipe fazia e não iria se acovardar naquele momento.

– Oi! – exclamou sem saber o que esperar daquele lugar. Sem resposta, insistiu: – Olá! Com licença...? Tem alguém aí?

Aos pouquinhos, Clara se esforçou a abrir os olhos e conseguiu. Avistou uma grande sala, toda branca, repleta de painéis, parecidos com portas de vidro, suspensos por fios ou amarras que ela não podia identificar.

– Tem alguém aí? – perguntou novamente, dando um tímido passo para dentro.

Por mais que tivesse a impressão de que via a sala toda, preferiu não entrar de uma vez. Deu mais um passo curto e parou observando as intermináveis paredes brancas. Nenhum sinal de janelas ou qualquer outra porta. Então, percebeu uma luminosidade saindo da borda do painel bem a sua frente. Deu uma rápida olhada nos outros painéis flutuando ao redor, eles também tinham as laterais iluminadas. Mais uma vez procurou o que os mantinha no "ar". Nem observando os detalhes de perto conseguiu descobrir. Escorregou os dedos na tela translúcida, gelada, igual ao vidro da janela de seu quarto nos dias de inverno. Para sua surpresa, seu leve toque moveu a tela. Como se não bastasse entrar sem ser convidada, só faltava também quebrar alguma coisa. Puxou a mão num ímpeto e sentiu uma ligeira descarga elétrica.

O painel não voltou para o mesmo lugar de antes, mas continuou pairando no ar, o que a deixava ainda mais intrigada. Contornou o grande retângulo de vidro procurando furos, fios ou suportes de qualquer tipo, não os encontrou. Observou a grande tela translúcida ao lado e, depois, procurou em outra e mais outra. Não encontrou qualquer coisa que as mantivessem flutuando. Entrou ainda mais na sala e pôde ver as paredes por completo. Estava certa, não havia uma janela ou porta sequer, exceto aquela por onde havia entrado. Então aonde Felipe fora? Talvez fosse melhor retornar ao túnel e rever os caminhos. Deveria existir alguma passagem que levasse a outro lugar, afinal, Felipe não podia atravessar paredes. Quando Clara virou em direção à porta pela qual entrara, levou o maior susto. Se antes já estava ruim, agora só piorara. A porta ficava exatamente ali, disso estava bem certa. Então, como poderia ter sumido?

CAPÍTULO 4

– Tinha uma porta aqui, tenho certeza! – Clara gritava consigo mesma em uma tentativa de acordar daquele pesadelo maluco. – Oi! Tem alguém aí? A porta... fechou, sei lá, sumiu!

"Tudo bem enfrentar uma fonte que mais parecia uma máquina de lavar", pensou consigo. "Atravessar corredores escuros e, até mesmo, entrar em uma sala esquisitíssima; mas uma porta não desaparecia assim. Pensando bem, nem uma fonte sugava as pessoas."

Ou aquele era mesmo um pesadelo ou sua imaginação lhe pregava uma peça, fazendo-a ver o que não existia. Lá estava ela achando-se *maluquinha da cabeça* quando a explicação apareceu:

"Na hora em que o painel se moveu, deve ter acionado algum tipo de dispositivo secreto que escondeu a porta. Só pode ser isso!"

Sem pestanejar, correu até o painel e o empurrou de volta. Como uma enorme porta de vidro, ele se moveu sem resistência, mas, ao voltar para o lugar, as laterais soltaram um lampejo que se refletiu nos outros painéis. Esses, como se respondessem, lançaram faíscas que, pipocando no ar, multiplicaram-se feito fogos de artifício. Clara se encontrava em meio a uma explosão de luzes. Em um gesto que nem ela mesma entendeu, esticou o braço tentando tocar em uma das faíscas e, no exato instante que conseguiu, a escuridão tomou o lugar.

– Acende a luz! – Clara gritou.

O local se acendeu e, como antes, não havia uma porta por onde ela pudesse sair.

— Pare com isso, Clara. Volte para a realidade! — Gritar consigo mesma estava virando rotina e, desta vez, ela até apontou o dedo indicador para o próprio rosto, enfatizando a bronca. — Não vou ficar aqui parada feito um poste, esperando alguém me salvar ou uma ambulância me carregar para um sanatório. Preciso encontrar um jeito de sair daqui.

Vasculhou cada pedacinho das paredes, mas não encontrou nada que a levasse a uma entrada secreta ou algo do gênero. O pânico começava a tomar conta quando, embaixo de um dos painéis, um pequeno objeto lhe atraiu a atenção.

"De onde ele surgiu?"

Ela tinha certeza absoluta de que antes não havia nada no chão. Tremeu diante da possibilidade de sua rixa com Felipe tê-la levado a um caminho sem volta. Entretanto, não seria isso o que a faria se afastar. Muito pelo contrário. Com passos ligeiros se aproximou do anel.

O aro dourado, com uma pedra verde e cristalina em formato de gota, brilhava sobre o chão branco como se refletisse a luminosidade dos painéis. Começou a se questionar sobre o brilho, se era mesmo um reflexo ou se era o anel resplandecendo. De qualquer forma, pegá-lo não lhe parecia arriscado. Abaixando-se, foi em direção ao anel, mas no último segundo hesitou.

"Esse anel não estava aí e naquela parede tinha uma porta. Não tenho dúvidas. Algo muito estranho está acontecendo."

O anel começou a rodopiar pelo chão e dar pequenos saltos. Batia contra o piso, gerando faíscas ao mesmo tempo em que zunia muito alto.

Clara tapou os ouvidos, mas de nada adiantou, o barulho era ensurdecedor. De supetão, meteu um tapa no anel, prendendo-o contra o piso: a melhor coisa que poderia ter feito. O barulho cessou e foi como se uma onda de relaxamento a banhasse da cabeça aos pés. Não durou muito. A mão que segurava o anel, até então fria como o piso, começou a esquentar e o dedo indicador ardeu tanto que parecia envolto em brasa. Puxou a mão e logo se deparou com algo inacreditável: o anel que mantivera preso contra o chão tinha se materializado no dedo que ardia.

— Como esse anel veio parar aqui? — gritou em protesto.

Tudo ficava cada vez mais estranho e desconfiava que só iria piorar. Sem que fizesse nada, a mão se fechou, mas o dedo com o anel ficou erguido como se apontasse para alguma coisa. Frente a ele, apenas uma das paredes brancas. Então, Clara teve a nítida sensação de que o anel a puxava para cima. Sem ter outra opção, deixou o corpo ser levado pela força desconhecida e ficou de pé. Então, um empurrão fez seu corpo girar. Agora o dedo apontava para o lado oposto, indicando o painel que ela tinha deslocado.

De súbito, a estranha força a empurrou para trás, fazendo Clara se desequilibrar. As pernas se restabeleceram, mas logo que voltou a dominar o corpo, o anel puxou-a para frente, jogando Clara contra o grande retângulo de vidro. Protegeu o rosto com o braço e fechou os olhos. As pernas não a acompanharam e acabou caindo para frente, a ponto de os pés saírem do chão. A queda seria brusca e inevitável. Quando já se imaginava pronta para trombar com o painel, para sua surpresa, Clara se estatelou no chão. Sem entender como não havia esbarrado no vidro, apoiou as mãos no piso e sentou-se observando o painel. Ele continuava imóvel e no exato lugar de antes. Ficou em dúvida: tinha atravessado o vidro ou o quê? O primeiro ímpeto de Clara foi tocá-lo e, certificando-se de que era mesmo sólido, chegou a uma temida conclusão: ela não conseguia mais distinguir o que era real ou imaginário. Pensou no pai; ele não suportaria descobrir que a filha estava louca.

De repente, teve a sensação de que alguém havia se mexido ao seu lado. Clara parou até de respirar. Seria Felipe? Baixou os olhos e virou devagar, mas, quando viu o que era, ou melhor, *quem* era, preferiu que fosse Felipe. Para seu espanto, estava frente a frente com uma garota *igualzinha* a ela mesma! Existiriam duas "Claras"?

CAPÍTULO 5

Desde que seguira Felipe, nada mais fazia sentido. Tudo bem que Clara andasse insatisfeita com a mesmice do dia a dia e com a conversa das amigas, mas aquilo já era demais. Não podia existir outra Clara, outra pessoa com o mesmo rosto, cabelo e corpo. Conferiu a garota a sua frente. Ela usava uma camiseta colorida igualzinha a sua, o mesmo modelo e cor de calça jeans e até o tênis rabiscado. Sem duvidar de que a garota era uma alucinação, Clara estreitou o olhar para ver melhor. Depois balançou a cabeça em desacordo com a constatação: para uma ilusão, a garota parecia bem viva e presente. Era como se estivesse olhando no espelho, não fosse o fato de a outra, em vez de deixar os cabelos, negros e lisos, soltos como Clara gostava, tê-los prendido em uma trança que se alongava sobre o ombro direito. O melhor seria ignorá-la e tratar de fugir logo dali.

Clara se levantou e, desviando a atenção de sua réplica, se deu conta de que, exceto o painel que se movimentara – e com o qual julgara que trombaria –, todos os outros tinham desaparecido. Ele estampava a imagem de um pequeno anel dourado com pedra verde em formato de gota, exatamente igual ao que ela tinha no dedo. Conferiu a mão e ficou pasma. Do mesmo jeito misterioso que aparecera, o anel também desaparecera. Ela correu o olhar para o painel e percebeu que o anel havia voltado para o chão. Era essa a imagem que ela via estampada no vidro translúcido. Contornando o vidro, foi em direção à joia, mas no meio do caminho parou estarrecida. Ele não estava lá! E qual não foi sua surpresa quando descobriu que o outro lado do vidro também mostrava a imagem do anel jogado no chão.

— Ai! — a réplica gritou bem no ouvido de Clara, que nem tinha notado a garota se aproximar. Apertando a barriga, a cópia se contorcia fazendo crer que sentia dores.

Clara desviou o olhar, não daria atenção a uma projeção maluca da mente. Se tinha uma coisa que havia aprendido com sua mãe era que alucinações poderiam parecer bem reais.

— Aaai... — a outra disse em tom de reclamação.

Ainda que, vez ou outra, os olhos insistissem em fugir correndo para o lado da réplica, Clara nem quis saber. Deu as costas e se afastou, repetindo para si mesma que tudo não passava de um pesadelo.

— Por que você está com medo de mim?

Clara se esforçava para ignorar a garota-cópia. "Quem essa garota pensa que é? Medo, eu? Até parece que ela sabe o que estou sentindo", reclamava para si mesma. "Caramba, estou vendo uma garota igualzinha a mim. Devo estar maluquinha mesmo, talvez seja por isso que o Felipe não gosta de mim."

— Olha para mim! — o tom da garota réplica foi mais decisivo.

— Fica quieta! — Clara retrucou.

— Cadê o Felipe? Ele está bem? Estou tão preocupada. Será que ele está preso em alguma outra sala igual a essa? No fundo no fundo meu maior medo é...

Clara interrompeu:

— Fica quieta! Para alguém que não existe, você fala demais!

— Eu existo, sim! — a réplica reclamou.

— Imaginação não fala! — Clara estava bem certa disso.

— Não sou imaginação, sou uma pessoa de verdade.

— Fica quieta!

— Para de me mandar ficar quieta.

— Não quero mais ouvir essa sua voz de taquara rachada! — Clara disse.

— Olha só quem fala, sua cara de fuinha — a cópia resmungou.

— Fica quieta, sua... sua... sua coisa!

— Coisa é a senhora sua mãe! Meu nome é Clara, tenho treze anos e meus pais se chamam Alex e Elena.

O coração de Clara quase parou. A réplica teria mesmo dito o que ela ouviu? Virou-se e enfrentou a outra.

— O que você disse, sua coisa-clone-*alien* mentirosa?

— Não sou coisa e muito menos clone ou *alien*! — Ela cruzou os braços em um nítido protesto. — Diz uma mentira que eu contei?

— *Seus* pais?

— *Meus* pais? O que é que tem? Você é muito esquisita, garota! — A cópia se afastou.

Clara mordeu a lateral do seu dedo indicador, segurando a vontade de estapear a outra até que ela deixasse de ter o seu rosto. Foi até ela, segurou-a forte pelo braço e disparou:

— O MEU nome é Clara, EU tenho treze anos e MEUS pais se chamam Alex e Elena.

— Por que você está me imitando? — A réplica se desvencilhou de Clara.

— Não estou te imitando!

— Está, sim.

— Não estou, não! Estou te explicando que EU sou a Clara, EU tenho treze anos e MEUS pais se chamam Alex e Elena — repetiu.

— Impossível! — A outra se afastou e, cruzando os braços, apoiou as costas no painel com um jeito descontraído e o queixo empinado de quem pensa que tem razão. — Você é maluquinha da cabeça!

— Agora você está me imitando. Eu falo assim.

— Preste atenção: nem vou me incomodar com você porque você mais parece uma louca.

— Não me chama de louca! — Clara mordeu a lateral do dedo indicador de novo. — Preciso sair daqui — resmungou para si.

— Pois bem, é exatamente o que eu quero: sair daqui. Se você não ficasse...

— Fica quieta ou não consigo pensar! — Clara encerrou, apontando fervorosamente para a outra que deu de ombros e não respondeu. — Doida, doida, doida... — gritava consigo mesma, enquanto ia de um lado para o outro da sala, balançando as mãos para o alto como se esbofeteasse o ar.

— Eu só acho...

— Fica calada! — Clara foi para o canto da sala e encostou a testa na parede, fechando os olhos.

— Olha para mim, cara de fuinha, estou bem aqui! — a réplica chamou.

— Não está, não! Não mesmo. E pronto! — Clara disse sem abrir os olhos.

De repente, um estrondo, como um saco de batatas rolando pelo chão, fez Clara voltar a atenção para a cópia. Mas quando se virou, descobriu que a outra não estava mais encostada no painel. Por sinal, onde estaria? Correu os olhos pela sala e não teve dúvidas: a cópia havia desaparecido. Melhor assim, agora Clara descobriria um jeito de sair daquela sala branca e voltar para casa e, de preferência, sem alucinações. Mas por onde começaria? A única pista para encontrar uma saída era o painel com o anel estampado. Clara se aproximou rapidamente do vidro. E quando seu olhar encontrou a réplica dentro dele, parecendo mais uma projeção de cinema do que uma pessoa de verdade, quase parou de respirar. O painel assemelhava-se a uma tela cinematográfica onde Clara era capaz de assistir sua cópia estapeando o vidro como se presa em um filme de terror. A réplica batia insistentemente; no entanto, a tela permanecia imóvel. Clara e sua cópia encontravam-se frente a frente, cada uma de um lado do painel. Foi quando avistou o anel jogado no chão bem ao lado do pé da cópia.

"O anel", Clara pensou. "Ele me jogou contra a tela e me fez atravessar algum tipo de portal. Só pode ser isso! Talvez se minha réplica colocar o anel, o tal portal possa mais uma vez se abrir. É minha chance de fugir."

Clara bateu no vidro e, assim que a outra lhe deu atenção, apontou para o anel no chão. Com as mãos fez um gesto para a réplica colocá-lo.

A outra fez que sim com a cabeça, parecendo entender o recado. Abaixou-se, pegou o anel e o colocou no dedo. Em um piscar de olhos, a enorme placa de vidro voltou a ficar translúcida.

– Não! Não! Não! – Clara gritava enquanto estapeava o painel. – Volta aqui. Eu preciso sair daqui!

Se antes estava ruim, agora ficara ainda pior. Um brilho rápido, feito um *flash*, cegou Clara. Não sabia de onde tinha surgido, mas fora intenso o suficiente para deixá-la vendo pequenas sombras se movimentando no ar. Uma sacudida vinda de suas costas a desequilibrou. Em seguida, algo bateu contra Clara que despencou no chão. Após o ruído do impacto de seu corpo se estatelando no piso, outros dois sons parecidos ecoaram. Clara, de bruços, se apoiou no chão e levantou a cabeça. Seus olhos fixaram-se direto no painel que, mais uma vez, mostrava a imagem do anel jogado no chão. Abaixo do vidro, aos pés de Clara, estava a réplica de trança, caída; e, para sua surpresa, ao lado desta jazia outra Clara, igual às duas a não ser pelo cabelo preso em um rabo de cavalo. Foi, então, que se deu conta de que sair dali era o menor de seus problemas.

CAPÍTULO 6

Mesmo tendo certeza de que não poderiam existir outras duas garotas iguaizinhas a ela, Clara encontrava-se frente a frente com tal pesadelo. Uma, a de cabelo com trança, olhava assustada para a terceira que apareceu, a de cabelo preso em um rabo de cavalo. Esta mordia a lateral do dedo indicador e, com os olhos apertados e sérios, aparentava não gostar nem um pouco das outras duas.

— Quem são vocês? — ela disse, voltando a morder a lateral do próprio dedo.

Um ruído seco, bem às costas de Clara, dominou o ambiente; então, passos vieram da mesma direção. Clara sentiu o ar faltar e o coração, prestes a sair do peito, pulsar forte. O que seria agora? Só faltava outra garota coisa-clone-*alien*! As duas cópias de Clara tinham os olhos fixos e arregalados em quem se aproximava. Enchendo-se de coragem, ela respirou fundo e foi virando a cabeça em direção aos passos.

— Você? — Felipe disse, parecendo surpreso em vê-la.

— De onde você surgiu? — Clara retrucou, procurando uma porta na parede atrás de Felipe, mas devia ter desaparecido também. — Como fez isso?

— Como *você* pôde fazer isso? Está louca, garota? — ele gritou, olhando diretamente para Clara.

— Não me chame de louca! — Clara se levantou e o enfrentou.

— Louca! Louca! Louca! — ele disse e, com passos largos, seguiu em direção a Clara até que parou, encarando-a de cima. — Para fazer isso, só pode ser louca. Não sabe o perigo que está correndo?

Felipe parecia ainda mais alto do que ela se lembrava. O rosto sério e as sobrancelhas apertadas indicavam que, a qualquer momento, ele poderia atacá-la ou algo parecido. Tudo bem que Felipe fosse marrento e até antissocial, mas seria tão covarde a ponto de bater em uma garota? A fisionomia dele dizia que sim. Já esperando um confronto, ela respirou fundo, enrijeceu os braços e se preparou para enfrentá-lo. Não adiantou. Felipe a atacou tão rápido que ela não conseguiu reagir. Apertava o pescoço de Clara, levantando-a a ponto de tirá-la do chão.

– Me ajuda... – ela balbuciou na intenção de conseguir qualquer tipo de socorro das duas garotas-cópias. Já que eram a cara dela deveriam, pelo menos, ajudá-la.

Mas não foi o que fizeram. As duas permaneceram estáticas, com os olhos estatelados e a boca semiaberta de quem não acreditava no que estava vendo.

Será que Felipe era muito pior do que Clara imaginava? Não o deixaria machucá-la. Não mesmo! Lutaria nem que fosse a última coisa a fazer na vida. Porém, não houve tempo. Um relaxamento tomou o corpo de Clara e tudo escureceu.

CAPÍTULO 7

Com um impacto que estremeceu o corpo, Clara voltou a si. Estava certa de que não caíra no chão, mas não tinha a menor ideia do que amortecera a queda. Um cheiro fresco e amadeirado tomou-lhe as narinas e, de repente, percebeu algo envolvendo-lhe a cintura. No susto, abriu os olhos e notou alguém a lhe observar. Afastou o rosto reconhecendo Felipe e, então, entendeu que eram os braços dele que estavam ao redor de sua cintura. Pelo jeito, o corpo dele a amparara na queda. Para piorar, ela se encontrava deitada sobre ele.

– Você está bem? Você bateu forte com a cabeça – ele disse, arqueando as sobrancelhas.

– Tire as mãos de mim! – ela respondeu se desvencilhando dele. Em seguida, se afastou.

– Já tirei! – Ele levantou as mãos como se as mostrasse. – Não precisa ficar nervosa.

Ela correu os olhos ao redor. O que faziam em um corredor formado por estantes repletas de livros? Como teriam ido parar lá?

– Você está bem? – ele repetiu com um meio sorriso no rosto. Olhava Clara de um jeito curioso.

– Estou ótima! – respondeu, baixando os olhos. Sua vontade era perguntar onde estavam as outras duas garotas, mas no caso de serem mesmo fruto de sua imaginação, o melhor seria ficar quieta. De rabo de olho conferiu Felipe, que ainda sorria para ela.

"Ele tentou me sufocar e agora fica aí com essa cara de bonzinho?"

– Hum... quem diria... você, logo VOCÊ estudando aqui? – Felipe a observava. Levantou-se, cruzou os braços e encostou-se à estante. – Olha só, garota. Não sou de dar conselhos, mas se te pegarem presa no painel você vai ficar encrencada. Agora, me diz uma coisa, por que elas transbordaram?

– Elas quem?

– É uma novata, mesmo. Estou falando das duas outras "você" que estavam aqui, o Duplo. – Ele deu uma pausa e se aproximou. – Não se faça de desentendida. Até parece que você não viu sua parte emocional e sua parte instintiva pularem para fora. Como as deixou transbordarem? – Felipe estendeu o braço em direção a ela. – Venha, eu te ajudo a levantar.

Clara poderia levantar-se sozinha, não tinha dúvidas, mas segurou na mão dele educadamente e deixou-se ajudar. Só agora identificava de onde vinha o cheirinho fresco e amadeirado sentido há pouco: o perfume dele.

"Que ódio! Queria bater com a cabeça na parede só por gostar de qualquer coisa que fosse dele."

– Pronto! – Puxou-a para cima.

– Obrigada! – ela disse e se afastou.

– Se um Mestre te encontra presa dentro deste painel! – Felipe apontou para a placa de vidro não muito distante.

Clara desconfiou que era o mesmo painel e que ele deveria ser o responsável por levá-los até aquele lugar que mais parecia uma antiga biblioteca.

– Por que você continua com essa cara? – Felipe indagou.

– Porque é a única que eu tenho.

– É mesmo muito chatinha, não é? Você até pode ser uma novata aqui, mas deve saber muito bem que no Arquivo Cósmico é proibido se separar do Duplo. – Felipe soltou os braços e balançou a cabeça como se discordasse dos fatos. – Uma Ativa presa no painel é uma grande novidade, mas como só eu vi, então... acredito que não tenha problema algum. – Ele gesticulava rápido e mostrava tanta certeza do que falava que Clara preferiu não dizer nada. Pelo jeito, ele pensava que ela conhecia aquele lugar, seja lá onde eles estivessem. – Quem deixa o Duplo transbordar para dentro de um portal como esse painel? Você é muito tapada, não é, garota? Bom, eu tenho mais o que fazer. Até logo... e cuida do seu Duplo, hein?!

– Que coisa irritante! Deixe esse tal *Duplo* para lá.

— Esse é o problema! – Felipe disse, voltando ao jeito bravo de sempre e à mesma cara de "poucos amigos". – Não dá para deixar para lá, novata. – Felipe soltou o ar em tom de impaciência e, então, atirou as palavras feito metralhadora: – Está de brincadeira comigo? Para de fingir que não conhece as consequências. Uma novata presa no painel é muito ruim, mas uma novata que não sabe dominar seu Duplo é ainda pior. Que tipo de Ativo faz isso? Você tem noção do risco que estava correndo? Se eu não chegasse a tempo, o que você faria? Sentaria e choraria?

Clara não tinha a mínima ideia do que ele falava e, por mais que quisesse esfregar aquele tom de superioridade na cara dele, não perguntaria absolutamente nada. Mordeu a lateral do dedo indicador. Se Felipe achava que ela, de alguma forma, pertencia àquele lugar, melhor. Mas, afinal, onde estava?

— E só mais uma coisa antes que eu vá embora: dizer obrigado não se usa mais? Eu te salvei, então agradeça! – Ele sorriu triunfante.

— Salvou nada, você me sufocou!

— Isso mesmo. Salvei você, mo-ci-nha!

Clara não gostou nem um pouco do jeito que ele dizia "mocinha", como se a chamasse de donzela. E gostou menos ainda daquele sorriso que ela conhecia bem e odiava.

Felipe colocou as mãos no bolso da calça jeans, a mesma de sempre, desgastada na parte onde a calça encontrava-se com o coturno preto.

— Espero que não tenha se machucado. – Ele sorriu.

Sem jeito, ela sorriu de volta; mas, com vergonha, o olhar fugiu para o lado oposto. Era a primeira vez que relaxava depois de muito tempo. Clara, então, reparou na enorme luminosidade que vinha da outra ponta do corredor.

— O que tem ali? – perguntou, apontando para a luz intensa.

— O vão central do prédio – Felipe disse, franzindo as sobrancelhas. – Como você não sabe o que tem no vão central do prédio?

— Quem disse que eu não sei?

— Então por que perguntou?

— Porque você é muito estranho e eu queria saber se VOCÊ sabia onde estava.

Clara deu uma desculpa das mais esfarrapadas e, pela cara de Felipe, só serviu para deixá-lo desconfiado.

— Para uma estudante da Sociedade da Luz, você está muito mal informada. E, para ser honesto – ele deu uma pausa, olhando-a de cima a baixo –, você não me parece alguém que tenha suas habilidades desenvolvidas. Você é muito patricinha!

— Patricinha? – Ela se aproximou dele. – Eu sou a mais descolada entre as meninas. Patricinha é a Juju!

— Não, ela é linda. Você é metida, senhorita "sempre chego na hora e faço tudo certinho"! – Ele também se aproximou.

— Falou o senhor "já viajei o mundo todo e sou muito esperto para dar atenção a vocês"! – Ela chegou ainda mais perto.

— Não quero dar atenção para você *especificamente*! – Ele continuou a se aproximar.

— E quem disse que eu quero sua atenção *especificamente*?

— Você vive com os olhos *especificamente* pregados em mim. – Felipe se mostrava bem satisfeito com a resposta.

— Ai! Como você é irritante! – Clara queria escrever insuportável na testa dele com a própria unha.

— Oh, cuidado, hein? Se ficar nervosinha, o Duplo pode transbordar.

— Duplo! Duplo! Duplo! – ela berrou. – Você só sabe falar sobre isso? Não tem outro assunto? Não aguento mais você catapultando termos que eu nunca ouvi. – As palavras escapuliram dos lábios dela. Tapou a própria boca e já ia apontar o dedo indicador para si mesma quando percebeu Felipe a contemplá-la.

— Você não é daqui – ele falou bem baixo.

Clara quase não pôde ouvi-lo.

— Sou, sim! – ela balbuciou e o olhar fugiu antes que se entregasse.

— Quem é seu Mestre?

— Eu...

— Desde quando você é uma Ativa?

— Se você deixar...

— O que é o Duplo?

— Para de falar assim comigo!

— Responda!

— Não respondo!

— Porque você não sabe!

— Sei!

— Mentirosa!

Ele agora estava quase grudado nela, ameaçando-a. Mas não seria um olhar de cima que a faria se entregar. Brigaria até o fim, mesmo não tendo razão.

— O que é o Duplo? — ele insistiu.

— Acho que não...

— Quem é seu Mestre?

— Não estou me lembrando...

— Você me seguiu? — Felipe a pegou pela parte de cima do braço, puxando-a para cima. — Responda!

— Deixe de ser troglodita!

Clara não gostou nem um pouco da atitude dele. Podia até estar errada, mas quem Felipe pensava que era? O dono do mundo ou o filho dele? Ela o encarou. Não sabia o que dizer, mas teria que mostrar sua insatisfação àquele garoto abusado.

Neste instante, um vento quente atingiu-lhe as narinas. Trazia o doce hálito de Felipe. Uma espiada para cima e percebeu que estavam perto demais. A respiração dela ficou curta e o estômago revirou. Isso sempre acontecia quando se aproximava do insuportável. Em um ímpeto, ela puxou o braço. Só pensava em se afastar.

Felipe a segurou e, resistindo, puxou-a de volta para si.

Ela fez força contra ele.

Ele não a soltou.

Seus corpos se aproximaram mais. O coração dela batia tão forte que teve receio de que ele pudesse ouvir.

Felipe a soltou e se afastou. Andava de um lado para o outro aparentando nervosismo. Parou, passou a mão na testa e fixou o olhar em Clara.

— Sabe o que vai acontecer se descobrirem que você entrou aqui? — Ele balançou os braços com ímpeto.

— Primeiro, para de gritar comigo! — Clara elevou a voz. Tinha chegado até ali e não seria agora que iria sucumbir e dar uma de tonta perto do garoto. — Agora que você já sabe que eu não sou daqui, diz logo o que é esse negócio de Duplo? Você estava falando das duas garotas iguais a mim... elas eram meus clones? Existem outros? É isso o que fazem aqui?

— Clone? – Ele riu com um jeito irônico. – Por que alguém faria um clone seu? Uma "Clara" já é mais que suficiente!

— O que eram aquelas duas garotas? – Clara insistiu, enfatizando para que ele percebesse que falava sério.

— São o Duplo. São partes de você mesma que caíram para fora.

— Hein?

— Imagine que, em vez de ser uma pessoa, você é um carro. Caberiam até cinco pessoas dentro do automóvel, certo? Mas vamos falar apenas do básico.

— Não estou entendendo nada.

Ele arqueou as sobrancelhas numa visível bronca.

— Dentro do carro tem você no volante e, ao lado, uma pessoa daquelas bem nervosinhas, sabe? Daquelas que xingam e brigam com o motoqueiro que passar muito perto do veículo. No carro, além de você e da pessoa esquentadinha, tem uma terceira, mais tranquila, quieta e emotiva. Entendeu?

— Nada além de que eu estou em um carro com duas pessoas.

— É isso!

— Isso? Isso o quê?

— Agora imagina que a pessoa esquentadinha ao seu lado, no carro, é você em uma versão mais agressiva e menos ponderada; a pessoa emotiva, no banco detrás também é você, mas em uma versão que revela suas emoções com mais facilidade. Entendeu?

— E o carro?

— É o seu corpinho. Ele carrega suas três versões, mas quem dirige é você.

— Eu?

— Parabéns! Agora há pouco, dentro do painel, você foi apresentada a você mesma nas versões instintiva e emotiva!

Felipe parecia contente demais em dar aquela explicação. Sorria triunfante, como se Clara tivesse que comemorar, então continuou.

— Patricinha, preste atenção. Cada um de nós pode ter diferentes facetas. O importante é você conduzir o veículo, não o Duplo.

— Você tem consciência de que isso não faz sentido algum, não é? Como sou eu, se eu estou aqui e elas não estão mais, mas estavam... sei lá... não é possível!

— De uma vez por todas, entenda: somos formados por diferentes personalidades que convivem dentro de uma mesma pessoa, no caso, você. É essa junção que forma quem você é. Unidas ou separadas continuam sendo você.

— Eu sou única! – Clara protestou.

— Única sim, indivisível não. As duas são pedaços seus e estão o tempo todo dentro de você. Sem o Duplo, você não seria inteira. Cada parte poderia tomar uma decisão diferente. Por isso é tão perigoso ficarem separadas.

— Duplo? Você disse que sou eu, a personalidade dominante, e mais as duas. Duplo é o dobro. Só no seu mundo que Duplo é igual a três.

— Digo "*Duplo*" querendo dizer as duas! Você tenta bancar a esperta, mas nem sabe o que estou falando ou o que acontece aqui! - Ele a encarou: – Custa confiar em mim? Quanto menos você souber, melhor.

Felipe andava pelo corredor sem olhá-la, muito concentrado em alguma coisa que ela não fazia a mínima ideia do que era. Tinha um jeito rude, dava passos rápidos e os pés batiam forte no chão. Do nada, ele freou e se aproximou de Clara.

— E agora, como vou te tirar daqui, hein, garota? – ele perguntou.

— Por que "me tirar"? Eu sei muito bem por onde eu entrei e vou sair pelo mesmo lugar: atravessando esse painel.

Felipe colocou as mãos na cintura.

— Mas para isso você precisa do anel de safira verde. É ele que abre o portal entre as dimensões... – Ele parou. – Já sei! Precisamos de um mapa que nos leve até um anel de safira. E eu sei bem onde encontrá-lo! Vem comigo.

Ele pegou Clara pelo braço e saiu arrastando-a em direção ao lado mais iluminado do longo corredor.

— Por que vamos para o vão do prédio?

Felipe não respondeu, mas, diferente das outras vezes, não foi rude, apenas puxou-a como se tivesse pressa. Se antes Clara não saberia dizer por que o seguiu, agora também não conseguia explicar por que deixou Felipe ajudá-la.

CAPÍTULO 8

– Se tem alguém nesse prédio que pode te ajudar, sou eu. – Felipe parecia bem certo disto. Puxava Clara pela mão, seguindo ligeiro rumo ao vão do prédio.

As longas pernas dele obrigavam Clara a dar passos rápidos. Conforme passavam pelas estantes de livros, em direção ao vão central do Arquivo Cósmico, a luminosidade começou a aumentar. Clara nunca se considerou curiosa, mas estava em um lugar no qual chegara atravessando um painel de vidro. Não podia perder a oportunidade de espiar de onde vinha tanta luz. Quando o corredor acabou, pode identificar que a luminosidade provinha do teto circular e transparente, que evidenciava a única coisa no universo capaz de iluminar daquele jeito: o Sol. Este parecia entrar triunfante pelo vidro, tomando conta da forma arredondada do teto. Logo abaixo, um grande vão era protegido por uma grade. Do outro lado da abertura, existia aparentemente uma série de outros corredores como aquele em que estavam há pouco.

Clara puxou a mão, livrando-se de Felipe, e parou para observar a estrutura de metal que sustentava o vidro do teto. Filetes metálicos se estendiam pela cobertura arredondada e – ora se contorcendo, ora se entrelaçando – formavam diversos círculos, um dentro do outro. Estes acompanhavam o formato do teto, emoldurando a enorme bola de fogo, como se os raios solares repercutissem pelos fios metálicos. Um cutucão no ombro tirou sua atenção. Sem querer, seu olhar correu direto para os olhos verdes de Felipe. Na mesma hora, o rosto dela esquentou.

— Bem-vinda ao Arquivo Cósmico! — Felipe disse em um tom animado ao mesmo tempo em que parecia tirar sarro dela. — Agora feche a boca e desmanche essa cara de espanto! — Clara fechou a boca na hora, nem tinha se dado conta do quanto estava escancarada. — Venha! — ele disse e saiu rumo a outro longo corredor formado de estantes cheias de livros.

— Ei, ei, ei! Espere! Quero ver o que tem no vão do prédio!

— Agora não, alguém pode te ver. — Ele voltou, pegou-a pela mão e deu um leve puxão. Era um nítido chamado, mas ela não arredou o pé.

— Eu quero ver onde estou. Só vou até aquela grade. — Ela apontou.

— Se eu te deixar chegar perto da grade, alguém pode te ver e está na cara que você não é daqui.

— Não é verdade! Até você me confundiu.

Felipe parou por um instante. Não tinha mais aquela cara de zombaria de antes. Pior, agora aparentava preocupação. Deu alguns passos em direção ao vão e parou, estendendo o braço em um gesto que a convidava a se aproximar do parapeito.

— Venha. Mas seja rápida.

Quando foi chegando perto, Clara viu que a grade era adornada com filetes metálicos, como os do teto, compondo lindos desenhos florais vazados. Agora podia ver que os corredores, com estantes, acompanhavam a construção circular do prédio, sempre obedecendo a mesma distância do vão central. Tudo parecia milimetricamente arrumado.

— Esta deve ser a maior biblioteca do mundo! — Clara murmurou, enquanto apoiava as mãos na grade.

— Se é a maior, eu não sei — Felipe disse também se encostando ao parapeito. — Mas, com certeza, o Arquivo Cósmico guarda toda a sabedoria do mundo.

Clara mergulhou o olhar para dentro do *tal* vão do prédio avistando diversos pisos abaixo, todos aparentemente iguais ao que estavam. Pode ver também um bom pedaço dos pavimentos inferiores e, assim como ela e Felipe, alguns jovens conversavam encostados na grade do vão; enquanto outros passavam rumo aos corredores. Contornando o vão e ligando os andares, uma escada de vidro permitia que Clara visse o ir e vir de jovens que subiam e desciam, povoando os andares. Na parte mais inferior, muitas pessoas transitavam ao redor de grandes mesas rodeadas de cadeiras em um vão-livre.

CAPÍTULO 8

Felipe deu uma batidinha de leve no ombro de Clara.

– Podemos ir, turista?

– Que lugar é este? O que todos estudam aqui?

– Quanto menos você souber, melhor.

– Menos souber? Esse não me parece o tipo de lugar "quanto menos souber", muito pelo contrário. Tantos livros devem ser para ensinar alguma coisa!

– Devem ser. Mas não sou eu quem vai te explicar. Chega de conversinha e vem logo antes que alguém te veja.

Uma coisa era certa, assim como ela observava as pessoas transitando nos outros andares, aquelas pessoas também poderiam vê-la. Clara sentiu um frio na barriga. Por mais que não soubesse ao certo o que poderia acontecer, a última coisa que precisava era alguém reconhecendo-a como uma intrusa. Bem ao seu lado, Felipe soltou o ar fazendo um barulho, quase um rosnado, longo e reclamão.

– Tudo bem, não precisa ficar bravinho. Já estou indo – Clara disse.

– Acho que você não entendeu ainda. Você tem que sair do Arquivo Cósmico agora!

– Arquivo Cósmico. É um nome bonito. Arquivo porque aqui tem espaço para guardar todos os livros do mundo... mas por que cósmico? A gente está no espaço? Em outro planeta? Estamos fora do sistema solar?

Felipe, com o semblante tenso, olhava ao redor como se inspecionasse o lugar.

– Não. É outra dimensão! Um universo paralelo ao nosso. E, neste universo, quem não tem treinamento para dominar o Duplo se separa das outras partes da sua personalidade, como aconteceu com você! Precisamos ir! – Felipe ordenou em um tom áspero, saindo em direção ao corredor.

Clara foi atrás dele. Aproximando-se do corredor, percebeu uma mulher alta e de longos cabelos negros se aproximando. Diminuiu o passo para não chamar atenção e passou por ela evitando encará-la. Entretanto, os raios solares em abundância contornavam a mulher fazendo-a parecer iluminada. Talvez fosse o vestido branco fluido que lambia o chão conforme ela se movimentava, ou talvez fosse apenas o próprio contraste dos cabelos negros sobre a pele e o tecido branco. O fato foi que Clara não conseguiu resistir. Deu uma espiadinha rápida e seus olhos se encontraram com os da mulher por poucos segundos. Entretanto, ela parecia mais preocupada com Felipe que se distanciava.

Quando Clara entrou no corredor, conferiu onde a mulher estava, mas não a encontrou mais. Preferiu não mencionar nada a Felipe, que agora parava para observar os livros. Clara deteve-se ao lado dele e esperou por alguns segundos até que deu um leve cutucão no garoto.

– Onde estamos afinal?

– Em outra dimensão, já disse – Felipe falou baixo. – Clara, vem. E não olha para trás. Vanessa está nos observando.

– Vanessa?

– *Shiiiii!* Essa mulher é a última pessoa que precisa perceber que estamos aqui.

Clara virou o rosto e de canto de olho viu a mulher de cabelos negros.

– Felizmente saímos a tempo e ela não viu seu rosto.

"Xi", pensou Clara, "se eu consegui ver o rosto dela, ela também pode ter visto o meu."

– Aquela mulher é praticamente a *dona* deste lugar. Ela não pode nos ver.

– O que aconteceria?

– Melhor você nem saber! E, por favor, não vai ficar nervosa, ansiosa ou qualquer coisa assim.

– E por que eu ficaria ansiosa, se... – Clara foi interrompida por um um esbarrão. Felipe parara de repente e Clara trombara com as costas dele.

– Tudo bem? Se machucou?

Ela apenas sorriu, mas seu coração trepidava tão alto que se perguntou se Felipe poderia ouvi-lo. Será que Felipe não era quem ela pensava? Ele a protegia e parecia empenhado em ajudá-la. Não lembrava nada o garoto que frequentava as aulas com cara de poucos amigos.

– Aqui! – ele apontou para o alto da estante. – Foi aqui que escondi meu mapa. Ele nos levará a um anel de safira verde. – Puxou uma das escadas, cuja parte de cima estava apoiada em uma haste presa ao alto da estante e, deslizando-a, subiu. Vasculhou alguns livros do topo da prateleira e, quanto mais procurava, mais irrequieto ficava. – Cadê? Eu deixei aqui – murmurava entre dentes, enquanto o olhar saltava pelos mesmos livros que já tinha verificado. Por fim, parou, olhou para baixo e saltou, aterrissando em frente à Clara. – Então... – ele disse, dando uma pausa.

Clara não gostava nem um pouco das frases que começavam com *então*, menos ainda daquelas seguidas de pausa. Depois, sempre vinha uma má notícia.

– O mapa que eu escondi não está aqui.

– Não tem outro jeito de sair?

– Se tem, eu não conheço. Somente o anel permitirá que você passe pelo portal e volte para casa em segurança.

– Onde podemos encontrar outro mapa?

– Lá embaixo.

Então, Felipe apontou para o lado iluminado do corredor, que agora Clara sabia bem que indicava o vão-livre do prédio e o térreo lotado de jovens.

– Lá embaixo? Como vou descer se não posso ser vista?

– Simples. Com o mago aqui! – Felipe sorria como se fosse a solução dos problemas dela. – Sua sorte foi ter encontrado um especialista em escapadas, sumiços e transgressões. Isso é o que faço de melhor. Comigo, você estará protegida!

Clara gostou do jeito seguro e confiante de Felipe, mas nunca confessaria isso para ninguém. Nem mesmo para sua sombra.

CAPÍTULO 9

Refugiados na ponta mais escura e deserta de um dos longos corredores do térreo, Clara observava Felipe com certa incredulidade. Sim, ele havia se mostrado um especialista em encontrar passagens entre as estantes e se esgueirar por escadas, o que lhes permitiu uma transição ligeira e secreta entre tantos andares e jovens. A habilidade dele certamente indicava horas e horas explorando caminhos ocultos, Felipe não estaria mentindo quanto ao seu conhecimento do Arquivo Cósmico, mas ela começava a desconfiar da capacidade dele em encontrar o mapa que procuravam. Se era o único recurso para encontrarem um anel que permitisse que ela voltasse para casa, duvidar da capacidade de Felipe em localizá-lo deixava seu estômago em burburinho e as mãos frias.

Já fazia algum tempo que ele procurava entre os livros das estantes do térreo, mas, até agora, nada de encontrá-lo. Vez ou outra parava quando um estudante surgia no corredor em que estavam, mas logo ele voltava a se dedicar a procura. Felipe parecia ser daqueles garotos que não desistiam. Quando Clara se dava conta, lá estava ele, de novo, sobre uma das escadas presas às estantes, vasculhando outro livro, exatamente como estava agora.

— Não aguento mais te ver deslizando sobre essa escada – desabafou sem nem olhar para o garoto.

— Prefere ficar presa aqui? Se for, me fala logo que tenho mais o que fazer.

Ela só levantou o olhar e deu de cara com Felipe fitando-a. Ele tinha as sobrancelhas erguidas e os olhos arregalados; faltava apenas um ponto de interrogação no meio da testa. Tudo bem, Clara sabia que ele a estava ajudando, mas precisava fazer aquela cara de "é tudo culpa sua"?

– Só *você* consegue fazer essa cara! – ele disse com jeito um pouco mais cordial.

– Como assim? – perguntou, tentando demonstrar indiferença.

– A mesma cara que fez no dia em que nos conhecemos e eu não quis sair da *sua* carteira.

– *Minha* mesmo! Seu folgado – ela retrucou.

– Assim mesmo, era essa cara: uma mistura de "estou sem paciência" com "estou entediada".

Ela colocou as mãos na cintura imaginando que assim se mostraria *muito* indignada e tombou a cabeça para o lado.

De súbito, Felipe apontou para ela e começou a rir.

– Isso! Agora está perfeito! Você aperta um lado da boca se esforçando para não fazer um bico e olha pra gente com *essas* sobrancelhas arqueadas. – Felipe colocou as mãos na cintura, imitando Clara. – Bem assim, como quem quer dizer "quem você pensa que é?". – Ele apoiou o cotovelo na estante e, olhando para o alto, disse como se falasse consigo mesmo. – Engraçado...

Clara não pode resistir. Foi até a escada sobre a qual ele estava, colocou o pé no degrau e ameaçou subir.

– Sabe de uma coisa... vou aí desmanchar essa sua cara – ela disse. – E quer saber? Era isso mesmo o que eu estava pensando naquele dia: quem você pensa que é para roubar a minha carteira? Agora vou te dar o troco. – Ela balançou a escada fingindo querer derrubá-lo.

Felipe segurou no degrau de cima e seu corpo tremeu mais do que a escada. Ora balançou um pé para fora, ora o outro, até que soltou uma das mãos, encenando uma possível queda. Os dois caíram na risada. Ela nunca esperaria bom humor de um garoto marrento como ele. Por que será que no colégio ele agia diferente?

Felipe saltou da escada aterrissando bem perto de Clara, tanto que ela pode sentir o ar se deslocando quando ele se pôs de pé.

Ela levantou o olhar.

Ele a observava sorrindo.

Ela correspondeu.

Ele continuou com os olhos fixos.

CAPÍTULO 9

Ela também.

Estavam mais próximos do que ela poderia um dia prever. Mais uma vez, o cheiro fresco e amadeirado do perfume dele tomou as suas narinas. Do nada, Felipe desviou o olhar para o lado mais iluminado do corredor.

– Vanessa...

De trás dos livros, surgiu a mulher de cabelos muito longos e negros, justo aquela que não poderia ver Clara.

– Lugar e hora errados? – ela perguntou numa cadência lenta e majestosa.

Felipe foi ao encontro da mulher.

– Procuramos...

– Deviam estudar para o Desafio. O Arquivo Cósmico não é lugar para ficar zanzando.

– Não estamos zanzando – ele disse. – Procuramos a sessão de referência. Preciso de um mapa, pois sempre me perco neste lugar.

– E a mocinha? Está com medo de mim por quê?

Clara engoliu seco e as pernas estremeceram. Não sabia dizer por que não despencou no chão. Uma voz dentro dela gritou: Fuja! Corra! Salve-se! Mas era incapaz de dar um único passo sequer, ainda que não restassem dúvidas da encrenca por vir.

Altiva, com a postura de uma bailarina, a mulher de vestido branco estendeu o braço em direção à Clara e, com a mão, fez um gesto, chamando-a. O jeito inabalável e a postura vigorosa dela fizeram Clara buscar uma forma de defesa. Ergueu a cabeça, inflou o peito, tentando aparentar um ar destemido, e com passos firmes passou por Felipe e foi até a mulher.

– Sim, posso ajudá-la? – Fixou os olhos na mulher. Não os desviaria por nada do mundo.

– Por que está com medo de mim?

Vanessa ostentava um olhar seguro. Clara se perguntou se tinha sido descoberta. Ao enfrentá-la, sabia que assumia o risco de ser identificada como uma invasora, mas se Felipe a tinha confundindo, ainda existia uma chance, mesmo que em mil, da mulher também confundi-la.

– Não senhora, não estou com medo. Só estou perdida.

– Para onde quer ir?

– Gostaria de encontrar um mapa para me localizar.

— Quem não sabe onde está, não chega aonde quer ir – a mulher enfatizou. – Muito bem, precisam ir ao acervo cartográfico.

A mulher deslocou o olhar por cima dos ombros de Clara como se procurasse algo às suas costas.

— Você, rapaz, já devia saber como não se perder! – retrucou em uma nítida bronca. Voltando-se para Clara, usou um tom menos ameaçador. – Os mapas estão aqui no térreo, daquele lado, no fundo. – Ela apontou para além do monte de mesas e cadeiras rodeadas por jovens. – Depois vão direto para as mesas de estudos! – A entonação não deixava dúvidas; aquilo era uma ordem.

Felipe entrelaçou seus dedos nos de Clara e puxou-a. Ele foi um ótimo estrategista, conduzindo-os pelos espaços ocultos do Arquivo Cósmico, mas agora entravam no hall como se fizessem parte daquele lugar. Seguindo a indicação da mulher, embrenharam-se pelo vão-livre repleto de gente. Caminhavam tentando manter um ritmo natural enquanto Vanessa, ao certo, estaria os observando para averiguar se eles iriam ou não seguir suas diretrizes.

Avistou a grande abóbada de vidro do teto. Era intrigante demais ver o sol no alto quase engolindo o prédio. Passaram por mesas, cadeiras e um montão de jovens. Clara esbarrou em uma garota e só então reparou melhor. Ninguém parecia estranhar a presença dela, o que a fez se perguntar se Felipe era verdadeiro em sua preocupação em escondê-la. Talvez ficar entre eles não fosse tão perigoso quanto ele dizia.

Eles pareciam jovens normais, como ela e seus amigos, mas existia no ar um certa alegria e agitação enquanto se perdiam entre livros e cadernos. Era engraçado vê-los tão animados em estudar. Só não tinha visto ainda com eles computadores, *tablets* ou celulares.

Eles eram diferentes de tudo o que poderia imaginar como "seres de outra dimensão" ou "pessoas de outro mundo", se é que poderia chamá-los assim. As roupas, os olhos, os cabelos e até o material de estudo eram como os dela. De repente, Felipe diminuiu a velocidade. Clara tentou frear, mas não conseguiu evitar o choque, bateu o queixo nas costas dele. Nem houve tempo para desculpas. Ele continuou com pressa, puxando-a até que entraram em um dos corredores.

— Falei que você estava com cara de turista! – ele sussurrou em tom de bronca e a soltou. – Controla essa cara de medo! Foi o que nos entregou para a Vanessa.

— Foi nada. Eu salvei a gente. Você ficou lá se borrando todo de medo e eu, desse tamanho, enfrentei aquela mulher aterrorizante.

— Vanessa só facilitou para você porque pensou que fosse do primeiro ano. Não foi porque você a encarou. Ela percebeu não só o seu medo como também a falta de um anel na mão direita. Só os estudantes do primeiro ano não têm um.

— Isso quer dizer que você também é do primeiro ano. Cadê o seu anel, hein?

— Eu não preciso de um!

— E eu não preciso de você me arrastando por aí como se fosse meu dono. – Clara mordeu a lateral do dedo indicador e saiu resmungando corredor afora. – Estou cheia de você! Vou sair daqui sozinha!

— Qual é? Só estou te ajudando, garota!

Clara parou e voltou-se para ele.

— Me ajudando? Não sei, não!

Ele chegou mais perto dela.

— Não faz drama!

Ela o encarou e chegou bem mais perto.

— Não estou fazendo drama.

— Garota metida.

— Garoto insuportável.

Estavam tão próximos que nem uma mosquinha passaria entre seus rostos.

— Eu não vou mais te ajudar! – ele disse em tom de ameaça.

— Como se eu precisasse! – ela retrucou.

— Ah, é? Então procure o mapa sozinha. Eu vou para casa.

— Pois eu vou fazer isso mesmo! Queria esquecer que um dia te conheci! – Clara berrou.

Felipe deu um sorriso de canto de boca e na sequência deu uma piscadinha.

— Impossível. Sou inesquecível!

— Ah... vai sonhando!

Agora ele merecia que ela escrevesse *abusado* na testa dele. "Inesquecível, inesquecível, inesquecível!" Era só o que retumbava na mente. Queria lhe enfiar o *inesquecível* goela abaixo.

– Desmancha essa cara de galã, Felipe! – ela retrucou, balançando as mãos como se esbofeteasse o ar. – Está se achando o máximo, não é, seu antipático? Chega, Felipe! Mira, mas me erra!

Um calafrio subiu pela espinha de Clara. Vinha acompanhado de uma sensação esquisita, como se a pele estivesse repuxando. De repente, um estrondo forte anunciou que algo acabara de se estatelar no chão. Ela não teve coragem de olhar. Buscou refúgio nos olhos de Felipe que, arregalados e focados em algo no chão, mostravam-se tão confusos quanto ela. Sentindo uma presença bem aos seus pés, Clara baixou um pouquinho a cabeça. Seus olhos encontraram as duas garotas iguaizinhas a ela, o Duplo, como Felipe há pouco havia lhe explicado. Tudo ficara ainda pior.

CAPÍTULO 10

— E agora? — Clara sussurrou para Felipe sem desviar a atenção das cópias caídas aos seus pés. — Como você fez para elas sumirem da outra vez?

Ele se distanciou do Duplo e Clara o acompanhou.

— Eu apertei seu pescoço, lembra? Eu te salvei e você ainda brigou comigo.

— Ah… foi isso! Então, faz de novo.

— Não adianta eu te sufocar, daqui a pouco elas estarão de volta. Se em tão pouco tempo o Duplo transbordou, quer dizer que vai continuar transbordando. Você tem que se resolver com elas.

Clara colocou as mãos na cintura.

— Como?

— Converse, explique o que está acontecendo. Elas estão assustadas, assim como você. — Felipe apontou para as duas garotas ainda sentadas no chão. — Vá logo falar com elas, antes que decidam se levantar e sair por aí sozinhas.

— Melhor assim. Que sumam! Não quero mais vê-las. Cópias falsificadas de Clara.

Uma voz os interrompeu.

— Deixa de ser folgada!

A voz não deixou dúvidas de que se tratava de uma das cópias, mas qual? A versão de Clara que usava trança no cabelo continuava sentada no chão onde caíra. Já a outra estava em pé, bem perto de Clara. De braços cruzados, com postura de quem está pronta para briga, ela mantinha o queixo baixo e apertava um dos lados da boca. Depois, mordeu a lateral do próprio dedo indicador.

– Vai ficar aí me olhando com essa cara de fuinha? – Ela deu um empurrão em Clara.

– Parou, hein! – Clara se afastou um pouco, pronta para revidar. Se a garota empurrasse de novo, não deixaria por menos.

– Quem você pensa que é? – A cópia nervosinha se aproximou. – Chega de ficar aí se achando a maioral. Estou aqui. Quer falar de mim, fale comigo. – Ela catapultava as palavras com tamanha força que praticamente empurrava Clara para trás. – Cópia falsificada é a sua vovozinha.

– O que foi garota-clone? – Clara ameaçou empurrá-la, mas não foi até o fim. Queria só dar um susto na cópia.

– Meu nome é Clara e não sou clone de ninguém! – a garota de rabo de cavalo retrucou, jogando os braços ao ar.

Felipe riu baixinho.

– Vá com calma, Clara. Ela pensa que é você, a personalidade dominante, assim como você pensaria se estivesse no lugar delas.

– Eu? Nem pensar! – Clara balançou o dedo indicador na cara de Felipe. – Odeio essas duas garotas. Elas têm que entender que sou eu quem manda e vai ser agora!

– Vá com calma! – Felipe repetiu.

Clara apontou para uma garota-cópia e depois para a outra.

– Saibam de uma coisa: eu sou a Clara verdadeira! Vocês duas são desdobramentos da minha personalidade.

A garota mais quieta se levantou resmungando.

– Não senhora, *eu* sou a Clara – ela disse. – Não é, Felipe? Você sabe disso. Diga para elas.

Ele só levantou as mãos e fez que não com a cabeça. Indicava não ter o que comentar quanto àquela situação.

– Eu sou a Clara. A verdadeira e a única Clara – a cópia de trança insistiu.

– Faz-me rir! – a de rabo de cavalo respondeu. – Isso só pode ser uma piada. A única Clara aqui, sou eu.

– Sou eu! – a de trança retrucou, enfrentando a outra.

– Eu sou a verdadeira Clara! – gritou a de rabo de cavalo que, pelo jeito, não era de levar ofensas para casa.

— Nem mais uma palavra! – Clara interrompeu. – Eu sou a única Clara que existe e ponto final! – Ela observou a garota de trança dar as costas para a outra e se afastar. Ficou mais distante, emburrada, mas não deixou de olhar para Clara, que prosseguiu. – Vocês são pedaços da minha personalidade e eu preciso saber como usá-las!

— Usar a gente? – A garota de rabo de cavalo ficou com as bochechas avermelhadas. – Eu não sou uma roupa para você me usar!

— Não foi isso o que eu disse, ou quis dizer, sei lá. Vocês têm que entender que são as passageiras no meu carro, mas eu dirijo!

— Que carro? Do que você está falando?

— Espere! – Clara fez um gesto com as mãos, pedindo calma. – O que eu quis dizer é que vocês fazem parte de mim, como se fossem... como se fossem... é... – Ela virou para Felipe, desabafando: – Ai! É difícil explicar, hein?!

De um instante para outro, a de rabo de cavalo agarrou o pescoço de Clara, empurrando-a contra a estante de livros. Clara sentiu uma pancada no meio das costas e, em seguida, alguns livros despencaram no chão.

— Felipe! – Clara disse em meio ao esforço para respirar. Não conseguia ver onde ele estava, mas, ainda assim, insistiu. – Felipe, me ajuda!

Mas quem saiu em defesa de Clara foi a de trança. Ela puxou a outra pelo cabelo, obrigando-a a soltar Clara, que ficou pasma, só assistindo a atitude da sua salvadora.

— Não bata mais nela! – a de trança gritava, enquanto arrastava a garota irritadinha pelo corredor.

Ainda assim, a de rabo de cavalo não perdia a valentia.

— Eu sou a Clara, a verdadeira! – ela gritava, enquanto era puxada pelos cabelos.

— Só existe uma Clara e sou eu! – a outra revidou.

Felipe se enfiou entre as duas réplicas.

— Parem com isso! – Com o dedo indicador em riste, ele distribuiu broncas. – Parem! Vanessa Biena já nos encontrou uma vez. Não conseguiremos escapar dela novamente. Portanto, tratem de se comportar. – A bronca de Felipe pareceu funcionar. Nenhuma delas se mexia. Ele segurou Clara pelos ombros e, parecendo preocupado, a encarou. – Se a Vanessa colocar os olhos nestas duas, nós estaremos perdidos! Explique o que está acontecendo ou elas vão nos colocar em apuros.

De repente, um barulho de pancadas ocas denunciou as duas garotas atracadas. Foi a situação mais esquisita de toda a vida de Clara, afinal, assistia as duas versões de si mesma se estapeando. Ela não tinha outra saída senão se meter. Logo, também, estava salpicando tabefes por todos os lados. Por fim, conseguiu afastá-las. Teria que cuidar de uma por vez, então, passando os braços pela cintura da primeira que conseguiu segurar, levantou-a do chão, afastando-a da briga.

Felipe segurou a outra garota-cópia, prendendo-a pelos braços. Ainda que não restasse muito cabelo preso, podia-se ver que aquela era a nervosinha.

Clara, por sua vez, segurava a garota de trança, que se debatia, pernas voavam, até que não conseguiu mais manter o equilíbrio e as duas se espatifaram no chão. Por sorte, Clara foi ágil em se levantar e, percebendo a outra ainda de bruços, torceu o braço dela para trás e prendeu-a contra o chão.

Felipe agora segurava a mais brava pela cintura. Alto que era, tirava a garota-cópia do chão com facilidade. Ela espernava e mais parecia feita de borracha, suas pernas voavam, batiam em Felipe e em tudo o mais que estivesse por perto.

– Eu te avisei! – ele reclamou. – E agora, eu que apanho? Era para ir com calma. Mas você me ouve? Não! Precisava jogar na cara delas que as duas não passam de pedaços da sua personalidade, Clara? O que pensou quando eu disse que elas acreditavam *ser* você? – Ele vinha trazendo a réplica presa pela cintura, esta, agora, sem um resquício do rabo de cavalo.

– Eu só quis explicar! – Clara defendeu-se, enquanto tentava conter os solavancos vindos da garota embaixo dela.

– E olha no que deu!

– E eu tenho culpa se esse negócio de Duplo é tão difícil de explicar? Me ajuda, Felipe, o que eu faço agora?

– Problema *seu*! O Duplo é *seu* e só *você* pode entrar em um acordo com elas. Eu...

Felipe interrompeu a frase de súbito. Depois, contraiu o rosto, fechando os olhos e mordendo os lábios. No instante seguinte, soltou a cópia que ele segurava e despencou no chão, encolhendo-se todo.

– Está maluco? Você soltou a minha parte mais brava – Clara reclamou, enquanto a réplica prendia o rabo de cavalo com gestos fortes e decididos, parecendo se preparar para um combate.

– Maluco? Estou é com dor – ele resmungou, contorcendo-se no chão. – A infeliz me deu um chute!

A garota-cópia de rabo de cavalo parou. Olhando para Clara, ergueu o queixo com jeito feroz e partiu para cima dela.

Ainda sentada sobre a garota de trança, Clara buscava uma forma de conter a de rabo de cavalo sem ter que soltar a outra cópia. Mas a garota embaixo dela se mexia demais, ela deu um solavanco e empurrou Clara que se desequilibrou, soltando-a por completo. Pronto, só faltava agora as duas se unirem contra ela. Mas, para sua surpresa, a garota se colocou entre elas protegendo Clara. Em um gesto forte e preciso, estendeu o braço espalmando a mão contra a outra.

– Para! – ela disse em tom afetuoso, porém seguro de si.

A outra obedeceu, mas continuou com a fisionomia descontente.

A de trança passou as mãos no cabelo desde a testa e puxou a trança para o lado, deixando-a sobre o ombro.

– Eu sei... – ela disse para a de rabo de cavalo em um tom carinhoso. – Estou tão confusa quanto você. – Então apontou para Clara. – E você também está como nós. Não sei explicar o porquê, mas sei que está falando a verdade. O que está acontecendo?

Clara soube que era hora de explicar a cada uma delas o que acontecia com as três, ou melhor, consigo mesma. Falou devagar, procurando escolher bem as palavras.

– Vocês se lembram de seguir Felipe?

Ao mesmo tempo, as duas confirmaram com a cabeça.

– Se recordam de chegar à sala branca?

De novo concordaram.

– E do anel me jogando contra o vidro?

Mais uma vez a resposta foi afirmativa.

– Vocês apareceram nesse momento e só sumiram depois que Felipe me sufocou. Vocês o viram me enforcando, certo? E depois só havia uma de nós, não é? Era eu e não uma de vocês.

– Ela tem razão – a de trança disse para a outra e, apontando para Clara, continuou: – Estávamos somente eu e ela quando você apareceu.

Ainda com cara de brava, a esquentadinha ergueu o queixo e as sobrancelhas, fitando Clara meio de lado como se rejeitasse a informação da cópia mais amistosa.

— Felipe me sufocou porque sou a personalidade dominante. Depois ele me contou sobre vocês, sobre o Duplo, lembram?

Felipe interveio:

— Vocês têm que se lembrar de que são uma só, têm os mesmos problemas e precisam sair daqui. — Felipe espalmou as mãos uma contra a outra, soltando um ruído abafado. — Por favor... digam que entendem e vamos acabar logo com isso.

As duas se olharam e cochicharam alguma coisa que Clara não conseguiu ouvir, mas era certo que, de alguma forma, tinham entendido. Os semblantes exibiam compreensão ou, simplesmente, aceitação; não importava. Agora só precisavam se concentrar em não brigar e sair dali. Isso já estava de bom tamanho.

— Muito bem, estão todas de acordo, certo? Vocês devem se lembrar de que são o Duplo de Clara e precisam ajudá-la. É ela quem deve estar no comando. — Ele olhou para as cópias por um tempo como se esperasse um "sim, senhor" ou "estou de acordo". Entretanto, elas não disseram nada. — Muito bem. Agora que vocês não estão mais parecendo três loucas...

— Não me chame de louca! — Clara gritou e logo percebeu que, ao mesmo tempo, o Duplo dizia exatamente a mesma coisa.

As três se entreolharam e, pelo aspecto assustado das cópias, não foi só Clara quem se surpreendeu. Na mesma hora, as três se voltaram para ele.

Felipe, que já tinha os olhos arregalados, levantou as mãos como quem é ameaçado por um revólver. Então, ergueu os ombros, realçando a pergunta estampada no rosto.

— O que eu fiz?

Clara não quis explicar o motivo de sua alteração e, como as outras duas também permaneceram quietas, deduziu que elas também não tinham o que dizer. Ninguém falou mais nada, entretanto, olhares fugiam por todos os lados. Por certo, todos estavam à procura de uma forma de sair daquela situação estranha.

— Clara — Felipe chamou.

— Oi! — Clara respondeu prontamente. Entretanto, a resposta veio em precisa sintonia com as duas garotas-cópias.

— Sim! — a de trança respondeu.

— Fala! — a de rabo de cavalo disse.

Felipe arregalou os olhos.

— Agora vão falar juntas como irmãs siamesas? — ele disse tão devagar que até parecia com medo de uma repreensão.

— Não podemos ter o mesmo nome — Clara retrucou, buscando no olhar das outras algum tipo de solução.

— Ué? Se nós somos a mesma pessoa, temos o mesmo nome. Eu não abro mão do *meu* nome, mude o seu! — a de rabo de cavalo disse, se afastando.

— Eu também não quero ter outro nome — a de trança reivindicou em tom mais amigável.

Felipe se aproximou com jeito decidido e parou frente às três.

— Chega! Precisamos dar um fim nessa confusão e eu sei como! Vocês duas são desdobramentos da personalidade de Clara, então, uma será a Clara Emocional e, a outra, a Clara Instintiva. O que acham?

Em um primeiro momento Clara achou bem esquisito, mas não tinha outra ideia e essa resolveria bem o problema. Fez que sim com a cabeça e, percebendo as duas se afastarem, conversando, aproximou-se mais de Felipe.

— Até que você é bem esperto — sussurrou.

— Nisto você tem razão, sou muito esperto mesmo. Só tem uma coisa: é assim que todos aqui se referem ao Duplo, não é uma invenção minha!

— Bem que me pareceu uma ideia boa demais para ser sua!

Felipe deu um empurrão de leve em Clara e ela se deixou ser empurrada. Ela soltou um largo sorriso e ele correspondeu na hora. O pior é que, mesmo com esse jeito folgado, ele era bem charmoso. Talvez Juju e as amigas não estivessem assim, digamos, tão enganadas. Ele pegou no braço de Clara e a puxou de lado. O Duplo nem pareceu perceber os dois cochichando.

— Você não pode andar por aí com essas duas. Qualquer um saberia que você não é uma aluna. Sem controlar o Duplo, os alunos não têm permissão de entrar aqui! Por sinal, essa é a principal coisa que ensinam. Quem não aprende a ter domínio sobre o Duplo nem continua com os estudos.

— E eu vou fazer o quê? Enfiá-las no bolso? — Clara sussurrou impaciente.

— Quase isso. Estende a mão.

Felipe colocou na palma da mão de Clara uma corrente dourada com um pingente redondo, feito de uma plaquinha fina e cheia de tracinhos e pontinhos sem ordem aparente.

Um leve toque em seu queixo fez Clara olhar para cima. Encontrou os olhos de Felipe bem perto.

– Coloque o cordão – ele disse.

Ela consentiu, mas, depois de colocá-lo ao redor do pescoço, um breve pensamento lhe revirou o estômago, como sempre acontecia quando Felipe se aproximava dela no colégio.

"Ele me deu um presente?"

CAPÍTULO 11

Quando Clara tocou o cordão em seu pescoço, lembrou-se de uma frase que a mãe adorava repetir: "As primeiras impressões tendem a ser equivocadas". Pela primeira vez, ela concordava. Suas bochechas puxaram os lábios em um largo sorriso. Lutou contra, mas só conseguiu não mostrar os dentes. Então a única saída para ocultar o sorriso foi virar o rosto para o Duplo, escondendo-o. Quando não as encontrou, seu corpo tencionou.

– Felipe! A Clara Emocional e a Clara Instintiva sumiram.

Felipe apontou para Clara e desatou a rir.

– Você é mesmo uma tonta.

– Do que está rindo?

– Elas sumiram por causa do cordão que te dei. Ele tem a capacidade de mantê-las dentro de você.

– Por que você não me deu o colar antes? Você é mesmo um insuportável, fica aí se divertindo às minhas custas.

– Foi melhor assim. O Arquivo Cósmico é um lugar perigoso. Eu precisava ter certeza de seu poder sobre o Duplo. Fiz isso para o nosso bem. Elas caíram para fora, vocês se entenderam, agora é usar o cordão para mantê-las dentro de você. O que tem de errado nisso?

– Errado? Errado é você ficar me usando para se divertir! Se tivesse me dado o cordão antes, nada disso teria acontecido.

– Você acha que eu me diverti com uma briga em que eu só ganhei um chute no... – ele resmungou baixo as últimas palavras. – Quer saber, sua mal-agradecida? Me devolva o cordão!

Ele meteu a mão na corrente, chegando a arranhar o pescoço dela.

– Largue, Felipe! – Ela jogou o corpo para o lado se desvencilhando. – Preciso dele até aprender a controlá-las. Deixe de ser estúpido!

– Problema seu!

Em um ímpeto, Felipe avançou para cima dela, que reagiu o empurrando; entretanto, ele conseguiu segurar o fio dourado do cordão.

– Largue! – Clara insistiu.

– Devolva, sua mal-agradecida.

Felipe puxava a corrente para cima, que, enroscada na orelha de Clara, puxava também o brinco dela, ameaçando arrancá-lo à força. Ela, então, segurou a plaquinha redonda do pingente nas mãos para evitar que ele puxasse mais. Não a soltaria por nada do mundo.

Os dois se encararam.

Ele puxou com força.

Ela puxou de volta.

Ele bufou.

Ela soltou o ar bruscamente em uma tentativa de intimidação.

Mais uma vez, ele puxou e ela respondeu com ainda mais força.

Não estava tão enganada quanto a ele, era mesmo um garoto metido e insuportável. E foi em meio a esse "puxa de cá e repuxa de lá" que Clara se desequilibrou. Acabou caindo sentada no chão. Pelo menos, ainda sentia o pingente nas mãos. Mas, para sua decepção, não tinha vencido o confronto e, sim, quebrado o brinquedo. Tinha entre os dedos apenas metade do cordão, assim como apenas metade do pingente. E, pior, antes rígida como qualquer medalha, agora a plaquinha redonda se encontrava maleável, lembrando um tecido.

– Olha o que você fez! – Clara reclamou.

– Eu não sabia que isso podia acontecer – caído frente a ela, Felipe olhava assombrado a outra metade em suas mãos. – O cordão permite acessar os livros, ou seja, todo o conhecimento destas estantes, coisa que só os iniciados podem fazer. Sem acesso aos livros, sem mapa. Agora para você é "tchau anel, tchau pai e mãe e tchau vida antiga".

Então, ele puxou a metade do cordão que ela segurava. Clara ainda resistiu um pouco, mas Felipe puxava a corrente para cima com tanta força que obrigou Clara a se levantar. Ela mal teve tempo de ficar de pé.

Ele arrancou a metade do cordão da mão dela, fez cara de bravo e, em seguida, passou por Clara; mas passou tão perto que seus corpos se esbarraram e o perfume amadeirado dele tomou as narinas dela novamente. Era esse tipo de comportamento que a fazia ter vontade de escrever *abusado* na testa dele com a própria unha.

Felipe pegou um livro, encostado de forma displicente sobre outras obras milimetricamente arrumadas na estante, e o colocou em um espaço vazio entre outros dois livros. Feito uma bola de borracha, o exemplar bateu no fundo da estante e caiu para fora, despencando no chão. Felipe, impassível, só observou e, virando-se para Clara, anunciou:

– Você foi a última a usar o cordão, então, o livro só permitirá que você o coloque de volta. Guarde-o na prateleira de cima. – Ele apanhou o livro do chão e o ofereceu a Clara, que o pegou sem nem olhar para a cara de Felipe. – Apoie os pés na segunda prateleira que eu te seguro.

Seguindo a indicação, Clara subiu na estante. Logo sentiu as mãos dele no meio de suas costas, apoiando-a. Em seguida, ele deu um leve empurrãozinho para cima, fazendo-a alcançar a prateleira mais alta. Ela esticou os braços ao máximo, mas só conseguiu encostar o livro na estante; não poderia soltá-lo ou despencaria de uma vez. As mãos de Felipe desceram pelas costas dela até os dedos contornarem a cintura.

O corpo de Clara arrepiou e, bem perto das mãos dele, a coluna gelou de baixo a cima como se um leve choque elétrico subisse até a nuca.

Ele a impulsionou para cima, a ponto de tirar os pés dela do chão.

O livro se encaixou na estante e ficou na prateleira, ao contrário do que acontecera com Felipe.

Foi quando uma onda de calor dominou o corpo de Clara e como se milhares de borboletas invadissem seu estômago, batendo asas com toda a força.

– Solte-se. Eu te seguro.

Confiando em Felipe, soltou-se da estante e o garoto a amparou, descendo-a até que seus pés estivessem de volta ao chão. As mãos dele continuaram envolvendo sua cintura e deram um suave impulso que fez o corpo dela girar, deixando-os frente a frente. De novo, o perfume dele inundou suas narinas. Os olhos de Clara foram subindo: primeiro alcançaram o peito e se elevaram centímetro a centímetro, chegando ao pescoço, queixo, lábios e, então, aos olhos. No instante seguinte, um calafrio tomou Clara, suas vistas escureceram, as pernas ficaram bambas e, de um segundo para o outro, sentiu-se em queda. Notou algo a lhe sustentar, sem dúvida o braço de Felipe que há pouco lhe contornava a cintura. Então, a pele repuxou como se um enorme *band-aid* fosse retirado e, depois, ouviu um som abafado – como um saco de batatas a rolar pelo chão. Mas, para sua decepção, não eram batatas, e, sim, a Clara Emocional e a Clara Instintiva.

CAPÍTULO 12

Clara precisava achar um jeito de sair daquele constrangimento. Sob a mira do Duplo, ela e Felipe ainda continuavam entrelaçados. Os dois permaneciam em pé, no mesmo lugar; e, ao lado deles, no chão, a Clara Instintiva – como Felipe se referiu à de rabo de cavalo – e a Clara Emocional – a de trança – permaneciam sentadas. Pareciam aguardar uma ordem para se levantar ou fazer qualquer outra coisa. Percebendo o olhar inquisidor das cópias, Clara preferiu se fazer de desentendida. Desvencilhou-se dos braços de Felipe e se afastou um pouco. Correu os olhos pela estante de livros até o chão, qualquer coisa serviria para não olhar para nenhum dos três. Neste momento, Clara lembrou-se de que Felipe havia dito que as cópias ficariam transbordando; assim, não teria outra saída senão descobrir um jeito de lidar bem rápido com elas.

– Bom... Felipe... sem cordão só resta você me enforcar para que elas voltem para dentro de mim, certo? – Clara procurou tratar o assunto como algo comum e corriqueiro. – Ou tem alguma ideia nova?

"Aquiete sua cabecinha de abóbora", Clara dizia para si mesma.

Espiava os livros da prateleira bem à altura de seus olhos enquanto, com passos leves, se afastava dos três. Encontrava-se atarantada entre a vergonha de olhar Felipe e o Duplo e a vontade de saber por que nenhum deles se mexia. Que coisa mais estranha ser julgada por si mesma, será que ela fazia a mesma cara de reprovação quando Juju e as amigas insistiam em se aproximar de Felipe? Fitou os três apesar do constrangimento. Deu de cara com o Duplo, ainda do mesmo jeito, exceto por um detalhe: o rosto de Clara Instintiva estava tão vermelho quanto um pimentão. Clara se retraiu. Se a outra já parecia bem assustadora com seu rabo de cavalo e cara amarrada, imagine agora?

– Esta parte é sua! – Felipe disse, estendendo a mão em direção a ela. Aproximou-se tão rápido que dava a impressão de também estar sem graça com a situação.

– Como?

Clara não entendeu. Esforçava-se muito para manter os olhos em Felipe, mas o Duplo, ainda no chão atrás dele, lhe atraía a atenção.

– O pingente... – ele disse, oferecendo a metade da joia em sua mão. – Guarde com você.

Vendo a corrente presa ao pingente escapar entre os dedos de Felipe, Clara preferiu evitar mais proximidade. Em um único movimento, puxou o fio da mão dele. Entretanto, foi a pior coisa que poderia ter feito: para sua surpresa vieram não só o cordão e a corrente, mas também a mão de Felipe. Com movimentos agitados, tentava desenrolar os fios emaranhados que prendiam as mãos de ambos, mas só conseguiu enroscá-los ainda mais. Pelo tremer das mãos de Felipe, Clara concluiu que ele também estava desconfortável com aquela situação e perguntou-se se o mal-estar devia-se aos olhares do Duplo ou aos seus corpos há pouco entrelaçados. Questão irrelevante se comparada ao seu pensamento seguinte: se as duas não tivessem transbordado, o que mais teria acontecido entre eles?

O emaranhado de fios dourados chamou a atenção de Clara para os fatos, fazendo-a deixar as especulações para trás. Pousou a mão sobre a de Felipe e o fitou. Nunca imaginou que o veria envergonhado, ainda mais com as bochechas vermelhas e um meio sorriso forçado no rosto. Ela deu um toque leve na mão dele, que parou, permitindo que ela os libertasse. Quando cada parte do cordão se desprendeu, as mãos dos dois ainda se tocavam. Clara baixou os olhos, fitando-as, e então se voltou para Felipe, que também tinha levantado o olhar. De súbito, um estouro nas mãos deles os distanciou e um pó dourado tomou conta de tudo ao redor. Clara se engasgou e, em meio à tosse seca, espanava o ar com as mãos, fugindo da poeira.

Felipe também tossia e, pouco a pouco, a tosse foi ficando cada vez mais distante.

Outra tosse surgiu. Poderia ser o Duplo, mas Clara não estava certa disso. Seguiu o som até que, em meio à poeira dourada que tomava o lugar, deparou-se com a Clara Emocional, ainda no mesmo lugar onde há pouco transbordara. Reconheceu ser ela quem tossia e, pior, agora se engasgava ainda mais.

Pegou a Clara Emocional pelo braço e a puxou para cima, ajudando-a a ficar de pé. Deu uns tapinhas nas costas da garota e quando, por fim, a tosse cessou, percebeu que a poeira dourada que pairava no ar também sumira.

– O-bri-ga-da... – Clara Emocional disse com a voz áspera, voltando a tossir. – O que aconteceu? – a voz saiu mais rouca. Ela tentou falar, mas a voz nem saiu direito desta vez.

Quanto mais tempo Clara ficava naquela dimensão, mais coisas estranhas se revelavam. Quase desejava não ter seguido Felipe naquela tarde, mas tudo era tão curioso que podia imaginar a cara da amiga Juju dizendo que esse tipo de coisa não aconteceria.

CAPÍTULO 13

Se não aconteciam coisas extraordinárias na vida normal, em que tipo de realidade Clara estava? Tudo bem a amiga Juju não acreditar – também não acreditaria se lhe contassem –, mas, de fato, encontrava-se ao lado de Clara Emocional e Clara Instintiva. A primeira continuava sem voz e a segunda permanecia com o rosto vermelho feito pimenta. Agora tudo se complicara ainda mais, ficara sem cordão, sem mapa, sem anel e, pior, o que faria com aquelas duas fora de seu corpo?

– O que aconteceu? – Clara Emocional perguntou com a voz falha.

– O cordão explodiu – Felipe respondeu, baixando as mãos e, virando-se, para olhar as mãos de Clara. – Onde foi parar? – A fisionomia ficava cada vez mais assustada.

Clara vasculhou ao redor e nem sinal de qualquer um dos pedaços do artefato. Instintiva soltou um som ronco, meio murmúrio, meio rosnado e começou a andar de um lado para o outro entre as estantes. Parecia um touro bufando de raiva. Já a Emocional soltava palavras sem sentido como se testasse até onde sua rouquidão se manteria.

O que Clara faria com aquelas duas descontroladas? O chiado das cópias foi aumentando até tonar-se um barulho alto. Sem dúvida seriam encontradas por Vanessa ou por qualquer aluno do Arquivo Cósmico.

Felipe não parecia ouvir o murmúrio das duas, olhava a estante aparentando procurar alguma coisa. Sabiam que sem o cordão nenhum livro sairia, então, por que ele continuava observando cada um deles com tamanha atenção?

"Que cena mais bizarra!", Clara pensou. "De um lado, estou eu, na versão Clara Instintiva, irritada e descontrolada com algo que nem eu mesma sei o que é. Do outro, na versão Clara Emocional, estou tão comovida com tudo o que tem acontecido que sequer tenho voz para falar. Estou? O que quero dizer com estou?"

Era a primeira vez que Clara admitia que as duas garotas eram diferentes pedaços de si mesma. Engoliu seco, deparando-se com a garganta áspera e travada. Tossiu um pouco, mas não melhorou. O coração disparou e o corpo estremeceu. Levou a mão ao peito e, quase ao mesmo tempo, percebeu um movimento bem próximo.

A Instintiva também pusera a mão no coração, e o rosto, apesar de ainda vermelho, agora estava assustado.

A Emocional tossia baixinho e soltava uns barulhos esquisitos, mas ainda não falava.

– Instintiva, vo-cê...

Clara não conseguiu falar, a garganta coçava, obrigando-a a tossir. Estava rouca como a Emocional. O coração disparou novamente. Teve vontade de caminhar de um lado para o outro para espantar a ansiedade que lhe agitava o corpo. Então um pensamento a tomou: se experimentava a rouquidão da Emocional, talvez o coração disparado fosse uma sensação da Instintiva.

Se já era esquisito separar-se em três e ver a si mesma realçada por comportamentos tão estranhos, imagine lidar consigo mesma em corpos diferentes? Numa ponderação rápida, Clara decidiu ajudar a Instintiva. Ainda não sabia direito como funcionava a comunicação entre elas, mas tinha certeza absoluta de que a garota de rosto vermelho a qualquer momento sairia em disparada feito uma locomotiva sem freio. E isso não poderia acontecer.

Clara foi em direção à Instintiva que, andando de um lado para o outro, parecia um carrinho elétrico em pane.

– Chega, Clara Instintiva! – ela disse com intenção de fazê-la parar.

O jeito de se referir à outra ainda lhe parecia estranho. Tudo bem que Felipe a ensinara como falar com o Duplo; mas, ainda assim, falar consigo mesma e colocar um adjetivo, *Instintiva*, como se fosse um sobrenome era, no mínimo, inusitado. Mas, também, a chamaria de quê? Do jeito que sua parte era brava e irritadiça, chamá-la de outra coisa poderia causar ainda mais desavenças. Uma ideia, então, lhe iluminou. Instinto e impulso, duas palavras que definiam bem a garota de rosto vermelho – esta deveria ser a parte de sua personalidade que primeiro reagia a qualquer coisa.

"Eureca!", pensou.

Clara nunca soube de onde vinha a expressão, mas aprendeu-a com a avó e utilizava-a sempre que entendia algo que antes era mirabolante demais para sua *cabecinha de abóbora*, como ela mesma dizia. E este, sim, era um verdadeiro momento *Eureca!* A Clara Instintiva estava com medo e sua forma de reagir não foi dar no pé nem ficar paralisada, mas uma junção das duas coisas. Respirou aliviada pela descoberta.

De súbito, a cópia parou de andar e de ranger como uma porta velha e, olhando de canto para Clara, perguntou:

– O que foi? Está me encarando por quê?

– Não foi nada. – Clara teve vontade de rir, mas tentou não ficar nem muito alegre nem sisuda demais. Deu um sorriso sem mostrar os dentes, então respondeu para mudar de assunto. – E com você, tudo bem?

A Instintiva só murmurou. Pelo menos, deixou de se comportar feito um robozinho. Clara talvez tivesse encontrado um caminho para se "entender" com elas, como Felipe dissera. Agora, quem sabe, só precisasse compreender o que a Emocional sentia para ela voltar a ter voz. Feliz com a descoberta – afinal de contas, era o primeiro passo em direção ao mistério de controlar o próprio Duplo –, Clara abriu os braços e deu um passo à frente. Precisava abraçar a Instintiva mesmo que parecesse maluquice abraçar a si mesma, mas não houve tempo.

A garota do rosto vermelho congelou o olhar em alguma coisa atrás de Clara. Sua expressão mudou: as sobrancelhas se contraíram e o queixo baixou, denunciando que algo grave acontecia.

Clara não sabia o que era pior: virar-se e descobrir o que consternava a Instintiva, ou continuar olhando para aquela face igualzinha a sua, agora tomada por uma expressão de ódio que nunca imaginou ser capaz. Talvez fosse melhor fugir em vez de fazer uma escolha! Mas seria possível encontrar alguma coisa ainda pior do que entrar em outra dimensão, dividir-se em três e apaixonar-se por Felipe? Ficou estarrecida. Acabava de chegar a mais um momento *Eureca!*, mas não pôde se concentrar nisso. Virou-se para se deparar, não só com o que parecia ter perturbado a outra cópia, mas também com a situação mais constrangedora que já viveu.

A pouca distância, sentada no chão com as costas apoiadas contra a estante, a Emocional mexia na trança jogada sobre o ombro direito enquanto conversava com Felipe – também recostado na estante.

Odiou, mas odiou mesmo, com todas as forças do mundo, o que viu. Clara testemunhava a própria imagem com a mesma expressão abobalhada que as amigas do colégio ficavam quando olhavam para Felipe. "Que ódio! Algo pior poderia acontecer?"

CAPÍTULO 14

Nada é tão ruim que não possa piorar. Para complicar ainda mais a situação, Felipe se aproximou da Emocional e, com delicadeza, ajeitou alguns fios do cabelo dela, colocando-os atrás da orelha.

"Garoto insuportável", pensou, "precisava mesmo fazer isso de um jeito tão... tão fofo?"

A Instintiva empurrou Clara para o lado e saiu disparada rumo aos dois. Agora, sim, a confusão estava armada. Passou, empurrando-os com as pernas, e foi joelhada para todo lado. Se a intenção era separá-los, missão cumprida sem muita resistência. Cada um ficara de um lado do corredor.

Mas Felipe se levantou e, com um tom de voz forte, exigiu:

— Peça desculpa!

— Mira, mas me erra! – a Instintiva rosnou sem parar de andar ou olhar para o garoto.

Clara sucumbiu à primeira reação: correr em direção a eles; no entanto, as pernas não a obedeceram. A cabeça mandava, mas os pés sequer saíam do chão.

Felipe virou-se para trás e gritou.

— A culpa é sua! Aprende a lidar com seu Duplo, garota! Não sou eu quem tem que resolver isso!

O olhar raivoso de Felipe, dirigido à Clara, sem dúvida, indicava que ele a culpava pela reação explosiva da Instintiva. Ela não tinha gostado daquela ideia de paixonite por Felipe e, muito menos, da proximidade dele com a Emocional; mas nunca faria o que a Instintiva fez. Ou faria? De alguma forma, guardava dentro de si atitudes que nunca imaginaria ter e que agora transbordavam do seu Duplo.

A Emocional correu até Clara e ficou ao seu lado.

Felipe voltou-se para a garota de rosto vermelho que bufava no fim do corredor.

– Está surda? – ele gritou. – Peça desculpas!

A Instintiva parou e virou o rosto para trás, olhando sobre o ombro. Então, virou o corpo e, com a cabeça pendendo para direita, encarando-o, pronunciou as sílabas uma a uma:

– Está fa-lan-do co-mi-go?

– Não! Com a estante! – Felipe atirou as palavras contra ela.

– Já disse: mira, mas me erra!

– Peça desculpas, sua grossa!

– E você é quem? O cavaleiro andante que vai defender a princesinha?

– Faça alguma coisa! – a Emocional sussurrou, agarrando o braço de Clara.

Mas Clara não conseguia sair do lugar. E, mesmo que pudesse se movimentar, o que poderia fazer? Jogar-se no meio dos dois? Mandar que parassem? Foi então que tudo se complicou.

A Instintiva levou a mão à boca e mordeu a lateral do dedo indicador. O rosto dela ficou ainda mais vermelho. Felipe levantou o queixo e estufou o peito. Era nítido que desafiava a garota.

Era como assistir a um episódio ao vivo de "O Mundo Animal". Os dois disputavam o direito de macho alfa do grupo, o que poderia parecer estranho devido ao fato de a Instintiva ser uma garota. No entanto, era exatamente o que Clara e a Emocional presenciavam.

Felipe e a Instintiva se aproximaram encarando um ao outro. Sem dúvida, imaginavam-se em um duelo de vida ou morte.

– Folgado! – a Instintiva disse, dando um passo em direção a Felipe.

– Metida! – Ele também se aproximou.

– Imbecil!

Ela chegou mais perto.

– Pretenciosa!

– Abusado!

CAPÍTULO 14

– Enxerida!

A Emocional escorregou a mão pelo braço de Clara até entrelaçarem os dedos e apertou bem forte, dando a Clara a certeza de que compartilhavam o mesmo receio de que algo ruim acontecesse.

Felipe segurou o queixo da Instintiva.

Ela puxou o rosto, mas não conseguiu se desvencilhar.

O corpo de Clara estremeceu, os ossos trepidaram dentro da pele e as borboletas voltaram a bater asas em seu estômago. O que já era ruim acabava de piorar.

Felipe tascou um beijo na Instintiva.

O tempo parou. Clara não só sentia a raiva da Instintiva por Felipe como também a paixonite da Emocional. Sentia também os lábios de Felipe como se tocassem os seus e não os da Instintiva. Nesses segundos eternos, Clara entendeu por que as amigas só sabiam falar sobre garotos. Sua boca, meio formigando, meio adormecida, recebia a sensação do beijo de Felipe como se os lábios beijados pelo *insuportável* fossem os dela. Se tivera dúvidas quanto a sentir o mesmo que a Emocional e a Instintiva, agora não tinha mais. O beijo deixava bem óbvio que eram uma só – embora, no momento, estivessem em corpos diferentes.

Felipe se desvencilhou da Instintiva e, segurando-a pelos ombros, a afastou. Ela, que não tinha mais o rosto vermelho, não resistiu ao movimento imposto. Não fosse o cabelo preso em um rabo de cavalo, diria que aquela garota com cara de tonta e olhos vidrados em Felipe era a Emocional e não a Instintiva.

O estômago de Clara embrulhou. A Emocional segurou forte em seu braço, mas logo os dedos afrouxaram. Quando se deu conta, a cópia estava em queda. Em um golpe ágil, Clara segurou a Emocional pelos braços e ajudou-a a se sentar. Pronto, só faltava o Duplo entrar em curto circuito de novo. Duplo! Outra esquisitice daquele lugar que ela relutava em aceitar. "Duplo são dois e nós somos três! Sinto-me tão burra cada vez que chamo-as de meu Duplo". O tempo passava depressa e não era hora de se perder em definições ou raciocínios. Concentrou-se na Emocional, que ainda exibia olhos assustados.

– Você está bem?

A Emocional não respondeu; mas empurrou o queixo para frente levando junto a cabeça. Repetiu o movimento algumas vezes até que parou e tossiu. Arregalou os olhos em um nítido pedido de socorro.

— O que foi? — Clara observava a Emocional sem saber o que fazer. — Vo... vo... vo-cê... — Engasgou-se de um jeito estranho; a tosse saiu pelo nariz imitando um espirro. Clara tentou falar de novo, mas seus lábios pareciam selados. Então entendeu por que a Emocional só fazia aquele movimento e não falava, os lábios dela deveriam estar grudados assim como os seus agora estavam.

A Emocional parecia ficar mais e mais nervosa. Olhou para o teto como se pedisse ajuda aos céus e, então, encostou a cabeça na estante. Algumas lágrimas escorreram. Imediatamente, os olhos de Clara marejaram. Não teve dúvidas: chorava assim como a Emocional. Clara engoliu seco, mas a garganta estava estranha, não doía; também não estava normal, parecia áspera e travada como os lábios. Foi quando uma onda de calor vinda dos pés tomou o corpo de Clara.

A poucos passos de distância, a Instintiva, em pé, segurou as próprias pernas e puxou-as para cima, depois para frente, tentou até empurrar; entretanto, elas não se moviam. Enquanto esmurrava as pernas e soltava palavras ininteligíveis, como fez antes, quando andava de um lado para o outro feito um brinquedo elétrico quebrado, seu rosto voltou a ficar vermelho.

Clara procurou Felipe ao redor, mas não encontrou. Onde teria se enfiado agora que precisavam da ajuda dele? Decidiu olhar no outro corredor, mas, ao tentar dar um passo suas pernas não obedeceram, permaneceram presas ao chão. Só faltava essa. Já apresentava as mesmas sensações físicas da Emocional, agora, somava-se às da Instintiva. Seria possível? Se Clara estivesse certa, a partir de agora, tudo se tornaria a maior das loucuras. Queria desaparecer. Queria dormir e acordar em casa, assim tudo voltaria ao normal e continuaria com sua vida. Depois deste sonho maluco, poderia até ficar amiga de Felipe, sabe-se lá; mas, por favor, que tudo fosse um sonho!

Neste instante, um pensamento a atormentou. Julgando que tudo o que havia acontecido fosse real — até mesmo o Duplo —, será que, quando as duas garotas voltassem para dentro dela, aquela bagunça de sentimentos e sensações continuaria? E se, para piorar, quando se unissem, ficasse mais parecida com a Emocional ou com a Instintiva? Odiou a ideia. Se ficasse parecida com a Emocional, a paixonite por Felipe a perseguiria. Não! Não poderia deixar que isso acontecesse. Jurou nunca mais pensar nisso e muito menos no beijo. Apesar disso, o que se mantinha na mente era a imagem congelada dela beijando Felipe. Será que uma besteira dessas seria capaz de mudá-la? E se fosse, já não teria mudado? Não queria ficar igual à Emocional e, muito menos, à Instintiva; nem queria ficar como a Juju ou qualquer uma das outras amigas. Só queria continuar sendo ela mesma, era pedir demais? Então teve uma ideia. Se não voltasse a se juntar com as outras duas, talvez não tivesse nem o comportamento impulsivo de uma e nem o emotivo da outra. O que aconteceria se saísse daquela dimensão sem elas?

CAPÍTULO 15

    Por mais que não soubesse muito bem onde sua decisão inusitada a levaria, Clara estava convencida a voltar para casa sem o Duplo. Para falar bem a verdade, se pudesse fugir correndo, nem olharia para trás. No entanto, não seria assim tão fácil. Percebeu-se deitada sobre uma superfície gelada e, logo que abriu os olhos, levou um susto. Tinha desmaiado, dormido ou o quê?

    Bem perto do rosto de Clara, a Instintiva e a Emocional, uma ao lado da outra, com olhos arregalados e fixos nos de Clara, a espreitavam. Estavam tão perto que quase batiam o nariz no rosto dela. E se isso já era estranho, imagine então quando Clara olhou para o lado e se deu conta de que estava deitada ao lado de uma fileira de livros? Então voltou a atenção para o Duplo, que continuava no mesmo lugar.

    – Qual o problema de vocês? – Clara disse. – Saia! – Encerrou, empurrando as duas cópias.

    Elas até que se afastaram um pouco, a Emocional mais que a Instintiva; no entanto, não foi o suficiente para que Clara identificasse onde estava. Levantou-se e meteu a cabeça no teto. Deitou-se de novo. Encontrava-se sobre uma das prateleiras da estante. Entendeu que o que pensava ser o teto era, na verdade, a prateleira de cima. Sentou-se com cuidado, mas a cabeça latejou mesmo assim. Levou a mão ao lugar da pancada e, ao mesmo tempo, as duas garotas espelharam o movimento. Teve vontade de sumir. Começava tudo de novo e, para piorar, agora eram elas quem aparentavam ter a mesma sensação física que Clara.

Clara estava mais do que certa de que ela – e apenas ela sozinha e única no mundo – já era mais do que suficiente para uma encarnação. E agora? Onde enfiaria o excesso de *Clara*? Tudo deixava de ser um mistério para virar um enigma. Só agora entendia a frase que a avó adorava repetir: "Há mais mistérios entre o céu e a terra do que supõe nossa vã filosofia". E não é que era verdade? Parece que a frase era do tal Shakespeare, o cara que escreveu o famoso "Romeu e Julieta". Pronto! Caíra de novo na própria armadilha. Citando o famoso casal, lembrou-se do quê? Do enfadonho beijo com o idiota do Felipe. Lógico que o beijo não tivera nada de tedioso ou ela já o teria esquecido, mas nunca admitiria isso, nem mesmo para a própria sombra.

Percebeu o Duplo ainda a encarando. À direita, a Emocional fazia um bico, apertando um dos lados da boca como se a qualquer momento fosse dizer: "ai, ai, ai, menina feia!". Já à esquerda, a Instintiva, ainda mantendo a vermelhidão do rosto, parecia esperar uma resposta a uma pergunta que sequer havia feito.

– O que aconteceu? – Clara disse para a de rosto vermelho.

– Diga você! – a Instintiva retrucou mais uma vez, aproximando muito o rosto ao de Clara. – Você não dizia coisa com coisa...

– E depois desmaiou – a Emocional completou, também chegando muito perto do rosto de Clara.

– Deveria existir um espaço saudável entre a gente, sabia? – Clara reclamou, afastando-se.

Existia um buraco negro entre a hora em que estava com as pernas grudadas no chão e os lábios colados e o momento em que abriu os olhos e as duas a encaravam. E onde estaria Felipe em meio a tudo isso? Simplesmente sumiu depois do beijo? Clara teve vontade de bater com a cabeça na parede ou qualquer coisa do tipo. Só precisava parar de pensar naquilo.

– Ei! – a Instintiva disse, dando um puxão em Clara e a virando de frente para ela. – Você está muito esquisita.

– Não coloque a mão em mim! – Clara devolveu a malcriação com um empurrão e, logo em seguida, a Instintiva a segurou pelo braço.

– Então me obrigue a te soltar! – A garota de rosto vermelho, além de segurá-la com uma das mãos, deu um tapa no ombro de Clara com a outra. – Não se esqueça de que você é a covarde aqui. Só eu tive coragem de enfrentar o Felipe e acabar com aquela bobagem entre ele e a Emocional.

— Ah, foi? — Clara disse com certo desdém.

— E também fui eu quem enfrentou a Vanessa. Se não fosse por mim, você estaria se borrando de medo até agora.

Clara sequer pensou. Partiu para cima da outra, empurrando os braços dela com toda a força. Aproveitava-se da imagem da Instintiva beijando Felipe e descontou toda a raiva. Embora estivesse prestes a entrar em confronto com a Instintiva, apenas "o beijo" permanecia na mente. O beijo... o beijo! O que, no fim das contas, acabava sendo bom, afinal, fora a garota nervosinha quem beijara Felipe e, se deveria descontar sua raiva em alguém, seria nela! As duas se estapeavam. Ainda que aquilo não parecesse levar a uma briga de verdade, Instintiva não tinha cara de quem desistiria. Logo, não seria Clara quem fugiria do confronto. Quando pegou a cópia pelo rabo de cabelo e já ia puxar, sentiu um empurrão no ombro que a afastou da Instintiva. A Emocional colocou-se entre as duas que brigavam.

— Por favor, chega de brigas! — ela pediu com a voz rouca. — Esqueceram que não podemos ser vistas? Instintiva, por favor, respeite a Clara.

Clara não entendeu nada. A Emocional saíra em sua defesa, colocando-se em seu lugar. A Instintiva começou a estapeá-la. A primeira reação de Clara foi pensar em separá-las para mantê-las quietas. Um tumulto daqueles certamente chamaria atenção e elas seriam facilmente descobertas. Mas quando ela ia meter-se entre as duas no intuito de separá-las, uma ideia a fez parar. Era um ótimo momento para colocar seu plano em prática. Enquanto as cópias se enfrentavam, elas não atentariam para Clara fugindo. Pronto! Largaria o Duplo brigando no fundo daquele longo corredor e sairia bem quieta. O único perigo encontrava-se no hall repleto de estudantes, mas já haviam passado por ali uma vez, confiou que não seria agora que prestariam atenção nela. Faria isso já!

Clara foi se afastando devagar, contudo, seus olhos pareciam não concordar em ir embora. Enquanto dava passos sorrateiros atravessando o corredor rumo ao saguão e as mesas de estudos, seus olhar não conseguia se desvencilhar da Emocional, que só apanhava e mal se defendia. A Instintiva empurrou a garota, que bateu as costas contra a estante e caiu desconcertada. A agressora pegou a outra do chão e a levantou. Voltou a esbofetear a Emocional, que era jogada de um lado para o outro, enquanto os cabelos a acompanhavam, desfazendo a trança.

A cena segurou Clara por algum tempo. Da ponta oposta do corredor, assistia ao embate do Duplo ao longe, como se aquilo não fizesse parte dela. Olhou para trás encontrando os jovens no hall, muito mais concentrados em seus livros do que antes. Estava certa que se passasse discretamente e entrasse no corredor ao lado da escada, saberia subir de volta pelos acessos escondidos por onde passara com Felipe. Ainda que quisesse fugir do Duplo e não tivesse a menor dúvida de que este era o momento certo, pareceu-lhe errado deixar a garota brigando em seu lugar. Foi então que entendeu por que a Emocional, mesmo apanhando, não se defendia ou se afastava. A Instintiva, com uma das mãos, prendia os dois pulsos da outra e, sempre que a Emocional se afastava, ela puxava a garota de volta. Seria muito difícil para qualquer um sair daquela situação e uma coisa era certa: a Emocional nunca atacaria a Instintiva com a força necessária para escapar.

– Não faz assim! – a Emocional disse de um jeito calmo e doce, nem parecia que era jogada de um lado para o outro e que, de tanto apanhar, já estava toda descabelada. – Chega, Instintiva! – completou sem fazer nada eficiente para que, de fato, a outra parasse.

Se a garota de voz fraca não ia enfrentar a de rosto vermelho, por que entrara na briga? Clara correu até elas e, por um instante, parou sem saber o que fazer. A Instintiva dominava a outra. Clara agarrou-a pelos ombros e a puxou para trás. Sem dúvida, a nervosinha era a mais forte entre elas. O puxão de Clara só serviu para balançar o corpo da Instintiva, que continuou sua investida contra a Emocional.

– Largue a Emocional! – A ordem soou em tom de grito de guerra. – Os estudantes estão muito quietos e logo esse extenso corredor não será capaz de nos esconder. – Clara fincou as unhas no ombro da que atacava e, segurando firme, puxou-a.

A Instintiva amoleceu o ombro e Clara perdeu o equilíbrio, caindo para trás. Um braço a segurou pela cintura, interrompendo a queda. Virou-se para ver quem era e qual não foi sua surpresa ao encontrar Felipe sorrindo? Por alguns segundos, perdeu-se naqueles olhos verdes. Foi inevitável pensar no beijo. Mais uma vez, Felipe a abraçava e ela não teve dúvidas de que se encaixavam com perfeição. Então, meteu as mãos espalmadas no peito dele e o empurrou.

– Onde você estava? Se afaste de mim! É tudo culpa sua!

– Minha? – ele disse sem soltá-la.

– Sim! Sua culpa. Me largue!

Ele a soltou e deu um passo para trás.

— O que eu fiz?

— Não me esqueceu! — Ela o afastou. — Me esqueça, garoto!

— Ah... isso? — Felipe levantou as mãos e depois os ombros como se dissesse "não fiz nada".

"Até parece!", Clara pensou, "Cada vez que ele está por perto só piora as coisas".

Ajeitando a roupa, distanciou-se do garoto folgado, forçando uma cara fechada e de poucos amigos. Não queria Felipe próximo.

— Se você controlasse o Duplo, aquele beijo nunca teria acontecido! — Felipe retrucou, cruzando os braços.

— Nunca mesmo! — Clara replicou.

— Nem em outra dimensão!

— Nem em outra vida!

Apesar disso, Felipe veio até Clara. Poderia ter se afastado, furiosa, mas não o fez.

— Preferia que eu tivesse beijado você? — ele sussurrou.

Observando Felipe, ela teve certeza de que sua próxima ação seria sentar-lhe a mão na cara, mas não houve tempo. De súbito, um aperto na garganta a fez esquecer Felipe. Lançou as mãos ao pescoço, não sentiu nada, porém uma força invisível pressionava mais e mais. Os olhos se perderam por um instante até encontrarem a Instintiva que, prendendo a Emocional contra uma parede, levantava-a pelo pescoço a ponto de tirá-la do chão. A nervosinha, então, soltou a outra. A Emocional despencou no chão e a Instintiva se afastou, indo em direção ao lado mais escuro do corredor.

Clara escancarou a boca, puxando todo o ar que conseguiu. O peito ardeu como nunca antes. Quando engoliu, parecia que uma pedra descia pela garganta. Não sabia como agir com o Duplo, mas um ataque contra a Emocional também atingira Clara. Não havia mais dúvidas e, muito menos, argumentos contrários: Clara e seu Duplo estavam intimamente ligados. Bem mais do que Clara gostaria. No fundo, esperava que, a qualquer momento, as garotas se transformassem, adquirindo outro rosto e corpo; e, então, descobriria que, naquela dimensão, todos tinham o poder de ficar iguaizinhos a quem quisessem. Mas não, as outras eram mesmo partes dela. Começava a ficar perigoso demais prosseguir com a ideia de voltar para casa sem o Duplo, porém o medo era inferior à necessidade de continuar sendo ela mesma.

A pele de Clara arrepiou e as pernas estremeceram. O ar faltou com ainda mais intensidade e ela teve certeza de que sua jornada acabava ali. Deu-se conta de que a garota de rabo de cavalo, mais uma vez, atacava a de tranças. Caídas no chão, meio de lado, a Instintiva apertava o pescoço da Emocional, que aparentava lutar para não desfalecer.

CAPÍTULO 16

Dizem que na hora da morte, a pessoa vê a vida passar diante dos próprios olhos. Com Clara foi diferente: ela só pensava em se salvar. Além de Felipe, apenas os livros testemunhavam a bizarra cena. No chão – diante de Clara deitada meio de lado –, a Instintiva sufocava a Emocional que, pouco a pouco, perdia o brilho dos olhos, ameaçando desmaiar. Clara sabia que se a Instintiva continuasse, em pouco tempo, tanto Clara quanto a Emocional dariam seu último suspiro. Sabia também que era ela quem deveria tomar alguma atitude quanto àquilo. Apegou-se à ideia de ter o comando sobre as duas, como Felipe ensinara; mas só encontrou um jeito de acabar com a briga: deixar o corpo desmoronar sobre as duas. E foi o que fez.

Enquanto rolava pelo chão, esbarrando nas outras garotas que, por certo, também rolavam, Clara levou muitas pancadas. Um golpe mais forte lhe atingiu as costas, fazendo-a parar. Clara estava sentada bem no meio das duas – a Emocional caída à direita e a Instintiva à esquerda – quando percebeu que as três haviam se chocado contra uma parede. Pelo menos ainda estavam ocultas no fim do corredor e agora que conseguia respirar, poderia mantê-las sobre controle.

– Vou ficar aqui do seu ladinho, é mais seguro – a Emocional disse ao se sentar. – Terei que arrumar minha trança de novo! – resmungou com a voz ainda fraca. Puxou o cabelo para o lado, escorregou os dedos nos fios e começou a refazer o penteado.

Do outro lado de Clara, ainda caída de bruços, a Instintiva se apoiava no chão – ao certo, com o intuito de se levantar. Balbuciava qualquer coisa ininteligível, fazendo com que uma espécie de rosnado baixo acompanhasse seus movimentos.

"Agora sim", Clara pensou, "voltarei a planejar minha fuga".

Engano seu. De uma hora para outra, a de rosto vermelho apoiou-se nas pernas de Clara, aproximando-se da Emocional e catou-a pelos cabelos. Só que, dessa vez, a Emocional não deixou barato: agarrou o rabo de cavalo de sua agressora e o puxou.

Clara se viu entre braços estirados e cotovelos batendo-lhe na cara. O cabelo liso chicoteava o rosto, impedindo que ela visse qualquer coisa. Por mais que se contorcesse, seus corpos enroscados dificultavam que ela saísse do meio daquelas duas malucas. E não é que, mesmo espalhando sopapos por todos os lados, a Instintiva e a Emocional foram se levantando e o corpo de Clara as acompanhou? Não se lembrava de como tinha chegado àquele momento. Em toda a vida nunca imaginara passar por situação tão bizarra.

As duas se afastaram e Clara se livrou da confusão. Porém, antes que tivesse qualquer atitude, sofreu um forte empurrão no peito que a lançou para trás, atirando-a em direção ao hall. Cambaleou e, jogando os braços para os lados, não encontrou nada em que se segurar. Por entre os cabelos agitados, ela pôde ver o Duplo, ainda no corredor entre os livros, assistindo à sua provável queda.

Um tranco na parte detrás da coxa de Clara a atingiu feito uma martelada. O corpo desequilibrou e as pernas se levantaram, lançando-a pra trás. A queda foi interrompida por uma superfície dura que a fez parar; porém, bastaram poucos segundos até que tudo tombasse. Uma pancada ainda mais forte acertou suas costas, estremecendo cada pedacinho do corpo. A cabeça foi a última a bater. Um zunido agudo reverberou a partir da testa e não foi silenciado nem pelo breve anestesiar do corpo.

Caída de costas, abriu os olhos, percebendo-se no chão e rodeada de pessoas. Ainda que só visse contornos iluminados pelos raios de sol que passavam através do teto de vidro, sabia que eram os alunos daquela dimensão. Só depois de tapar o sol com a mão é que Clara entendeu a confusão que havia armado. Caíra por cima de uma grande mesa de estudos, espalhando livros, cadernos e todo o tipo de material pelo chão. Para quem havia entrado escondida no Arquivo Cósmico e só queria encontrar um jeito de voltar para sua vidinha normal, tornava-se uma ilha rodeada de confusão.

CAPÍTULO 16

Três garotos ergueram a mesa de estudos, que ela havia derrubado, e a recolocaram no lugar. A situação era estranha. Por mais que a olhassem, nenhum deles perguntou nada. O melhor seria se comportar da mesma forma para não levantar suspeitas, assim passaria só por bagunceira e não por invasora.

Clara se levantou bem devagar, tentando não chamar ainda mais a atenção. Será que desconfiariam que era uma impostora? Balançou de leve a cabeça espantando a ideia. Afinal de contas, não era hora para se preocupar com isso – dizia para si mesma, embora os olhos insistissem em espreitar ao redor. Assim como faziam os alunos, Clara começou a recolher o material caído no chão até que avistou um livro grande embaixo de uma das cadeiras. Abaixou-se e, quando colocou as mãos sobre a capa de couro, leu o título: "Dimensões". Deu-se conta de que, até agora, não tinha entendido direito o que era outra dimensão.

– É um mundo paralelo – respondeu uma voz masculina atrás de Clara. Até parecia que ela tinha pensado em voz alta. A voz continuou: – Como duas folhas de papel ficam paralelas uma à outra dentro de uma resma, duas dimensões também. Elas não se misturam. Mesmo parecidas, assim como as folhas, elas são diferentes e estão em lugares diferentes.

Clara mal respirava torcendo para que o rapaz, fosse quem fosse, não lhe desse mais atenção. Tinha medo até de mover os olhos para ver se ele ainda estava por perto.

– Posso ajudá-la a se levantar?

Ele não tinha ido embora e pelo jeito não iria. Clara sabia que não poderia se fazer de desentendida por muito tempo, então virou o rosto em direção à voz.

O sol a impedia de distinguir o rosto do rapaz, no entanto, dava para ver que ele estendia a mão para ela. Era um rapaz alto e a luz, que insistia em tomar todo o ambiente, emoldurava-lhe o corpo fazendo-o reluzir.

Podia levantar-se sozinha e era melhor que o fizesse, assim não teria mais nenhum contato com qualquer pessoa daquela dimensão. Entretanto, ao dar um impulso para cima, as pernas não obedeceram. Em vez disso, o braço de Clara lançou-se na direção do rapaz, terminando por entregar-lhe a mão. Ela foi tomada pelo espanto. Queria desfazer o gesto, distanciar-se, ou melhor, sair correndo. Mas o corpo não obedecia à mente. Não tinha outra saída, a não ser deixar-se levantar. Entretanto, assustou-se de verdade quando observou que segurava a mão do rapaz com entusiasmo.

"O que estou fazendo?"

Afinal de contas, essa atitude vinha de Clara, da Emocional ou da Instintiva? Percebeu-se apertando ainda mais a mão do rapaz e teve receio de suas próprias atitudes. Suas sensações e vontades estavam tão atrapalhadas, tão misturadas ao Duplo, que teve medo de agir feito uma maluca; e, sabe-se lá, acabar agarrando o garoto ou qualquer outra coisa assim. Sentia-se bem capaz de fazer uma coisa dessas e era isso que a assombrava.

Ele movia os dedos, ao certo para se desvencilhar, mas a mão de Clara o segurava, impedindo-o. Vendo o rapaz com as bochechas vermelhas, o que ressaltava ainda mais a pele branca e o cabelo louro, Clara teve tanta vergonha que queria enfiar-se em um buraco e não sair mais de lá. Desviou o olhar, procurando o Duplo entre as estantes onde antes se atracavam, mas só encontrou Felipe com os olhos arregalados. Do nada, a mão de Clara soltou a do rapaz. Nem acreditou.

– Ufa. Consegui! – desabafou, enquanto abria e fechava os dedos para ter certeza de que era ela mesma quem os controlava. Parecia que sim. O corpo todo relaxou. Só, então, deu atenção ao rapaz bem à sua frente.

– Sou Emet. – O rapaz sorria, talvez achando graça no jeito de Clara.

Ele não devia ter mais que dezoito anos, e os cabelos loiros espetados contrastavam com a camisa polo azul e o jeans limpíssimo que lhe conferiam um ar formal. Não era alguém que metesse medo, mas Clara, sem saber o porquê, sentia que devia respeitá-lo.

– Você é nova aqui? – ele disse, juntando as mãos à frente do corpo em um tom professoral.

Clara não disse nem que sim nem que não. Apenas sorriu.

– Então... – ele insistiu. – Em que mesa de estudos você está?

Ela deu uma rápida bisbilhotada ao redor. Ao contrário de antes quando, seguindo a indicação de Vanessa, atravessaram o hall cheio de estudantes comunicativos e animados, agora poucos eram os alunos que conversavam beirando as mesas. A grande maioria se encontrava tão atenta aos livros e aos cadernos que aparentavam se preparar para algum tipo de prova.

– Em que mesa de estudos você está? – Emet repetiu.

Clara espiou ao redor, atentando-se para a mesa mais distante que encontrou – deviam ter umas dez mesas até aquela. Nela, avistou dois rapazes e uma garota muito atenta ao livro que tinha nas mãos. Ela destoava deles, visto que um aparentava estar apenas preocupado em comer uma enorme barra de chocolate, enquanto o outro, com o rosto enterrado nos próprios braços cruzados sobre a mesa, aparentava dormir.

– Junte-se a eles. – Emet apontou, indicando a mesa que Clara olhava. – Precisando de ajuda, é só me procurar.

Os olhos azuis de Emet dificultavam que Clara desse uma resposta. Ela nunca tinha visto olhos tão azuis e tão brilhantes.

Ele sorriu e, baixando de leve a cabeça, fez um gesto de cumprimento.

Clara deu as costas e pôs-se a andar rumo a sua "suposta" mesa de estudos.

– Ei!

O chamado de Emet disparou o coração de Clara. Por um momento, teve a intenção de parar e responder ao rapaz, mas não o fez.

– Menina? – Dessa vez o tom mudou, tornando a voz dele mais alta e grave.

Clara paralisou. Chegara ao fim de uma linha muito estreita formada pelo entrelaçamento de péssimas escolhas: seguir Felipe, não fugir quando pôde e, agora, sustentar o engano de Emet que, ao certo, acreditava que ela era uma aluna do Arquivo Cósmico. Sabia que isso poderia colocá-la em uma encrenca ainda maior; mas, depois de ter desabado sobre as mesas de estudos, não teria outra escolha a não ser deixar por isso mesmo.

– Menina! – Emet insistiu.

Não tinha mais jeito, teria que responder. Gotículas de suor se formaram na testa e, enxugando-as, moveu bem devagar o corpo em direção ao garoto.

– Sim? – e, fazendo-se de desentendida, disse: – Você me chamou?

O garoto de cabelo espetado mantinha um meio sorriso que o deixava com ar simpático.

Emet colocou a mão no ombro dela.

– Menina, você não me disse seu nome.

"Meu nome?"

Clara deixou escapar um sorriso.

Emet retribuiu, certamente sem nem imaginar que o gesto dela era muito mais por alívio do que por simpatia. Ele a fitava com jeito doce, os cabelos loiros combinados aos olhos azuis o deixavam com ar angelical.

– E...? Qual seu nome?

— Clara! — ela respondeu em um sobressalto. Percebendo seu jeito brusco, repetiu com mais calma. — Meu nome é Clara.

Emet continuava sorrindo e a observando.

Não soube mais o que dizer. E agora? Conversava, esperava, ia para a *tal* mesa de estudos ou fugia de uma vez? Emet dava a impressão de esperar alguma coisa.

— Eu...

— Você deveria ir.

— Então... é o que eu vou fazer.

Clara deu as costas e, com passos ágeis, seguiu em frente. A mesa de estudos que ele tinha apontado se aproximava rápido. Sabia que não poderia, em hipótese alguma, chegar lá e sentar-se como se fosse uma aluna. Passou as mãos no cabelo, juntando os fios e os torceu ao redor do dedo indicador. Em seguida, coçou atrás da orelha. Precisava conferir se Emet ainda a espreitava. Uma virada rápida bastou para constatar o que temia: mais do que acompanhá-la com os olhos, ele tinha cara de quem vigiava cada um dos seus movimentos.

Emet ergueu as sobrancelhas e, em seguida, baixou o rosto a cumprimentando. Talvez desconfiasse de Clara. Ela sentiu-se na obrigação de responder. Levantou a mão num gesto assustado que se tornou uma mistura de dar tchau com bater continência. Sem olhar nada ao redor, Clara deu as costas e seguiu em frente. Foram poucos passos até chegar à mesa de estudos com a garota loira e os dois rapazes. E agora? Ou fugia ou se sentava. De ambas as formas, estaria encrencada.

CAPÍTULO 17

Clara suava frio. A única escolha possível seria encarar a garota e os dois rapazes – seus supostos companheiros de estudo. Até então, tinha evitado qualquer tipo de contato com as pessoas daquele lugar – ainda que fosse uma simples troca de olhares –, mas, agora, teria que encará-los e nem sabia o que esperar. Clara subiu o olhar devagar.

Do outro lado da grande mesa de madeira, os três alunos se espremiam de um jeito estranho. Na verdade, eram dois apertando um terceiro. Em pé, a garota alta e loira e o rapaz também alto, mas de pele morena e cabelos escuros, aquele que há pouco comia a barra de chocolate, discutiam debruçados sobre o outro garoto, sentado bem abaixo deles. Esse, de pele branca e cabelo castanho bem claro, permanecia imóvel e, com a cabeça enterrada nos seus braços gordinhos apoiados à mesa, dava a entender que ainda dormia. Clara não entendeu como isso era possível, mas o garoto ronronava num ritmo leve e cadenciado como quem tem belos sonhos. No início eles não olharam em sua direção, mas Clara já estava bem preparada quanto ao que falaria caso a questionassem: o jeito seria dizer que havia se enganado de mesa e sairia rapidinho. Nesse exato momento, contudo, seus olhos encontraram o que a resgataria daquele mundo de malucos.

Sobre a mesa de estudos, perdido entre livros, cadernos e canetas, um lindo anel dourado brilhava exibindo uma enorme pedra verde e cristalina em formato de gota. Nem acreditou. Era exatamente igual àquele que a havia jogado contra o painel e tudo o que ela precisava para sair do Arquivo Cósmico. Só pensava em encontrar logo as amigas e nem ligaria de falar em Felipe, maquiagem ou qualquer outra bobagem que elas gostassem.

Quando voltasse, deixaria até que Juju lhe ensinasse como pintar os olhos ou arrumar o cabelo. Que mal faria?

Nenhum dos estudantes à mesa prestava muita atenção à Clara e, muito menos, ao anel. O que, para ela, já era uma vitória. Se fosse ágil talvez conseguisse sair dali com o anel e, melhor, sem ser vista. Ao redor, alunos – e, por certo, professores – aparentemente atentos aos seus afazeres não repariam em um roubo discreto e uma fuga silenciosa.

O coração disparou e gotículas de suor brotaram na testa e no queixo de Clara. Não sabia se isso era devido à chance de fugir ou à ideia de pegar o anel. Nunca se imaginara roubando; mas, pensando bem, seria mais um empréstimo, não um roubo. Quando atravessasse o painel, a joia não passaria para a outra dimensão como acontecera na primeira vez; assim, o anel ficaria no chão e poderiam pegá-lo de volta. Sem tirar a atenção da garota loira ou do rapaz, Clara deslizou o corpo pela cadeira, sentando-se do jeito mais discreto possível.

De súbito, o rapaz discutindo com a garota apanhou um dos livros abertos sobre a mesa e, batendo o dedo indicador no centro da página, cuspiu as palavras com intensidade.

– Isto é errado, Marina! Está nas regras.

– A cada ano, os Mestres modificam o Desafio. Por que não se preparar?

– Você quer subverter a ordem, isso sim.

– Não, eu quero um Sopro.

– Um Sopro?

A garota folheou algumas páginas do livro que o garoto segurava.

– Aqui Tobias. – Apontou para a página. – É como fazer um *download* de habilidades.

– É contra as regras, Marina.

– Se for dado por alguém como o Bruno, não é fora de regra alguma, meu bem.

O rapaz se afastou um pouco e apontou para o outro garoto, que nem pareceu se incomodar com a veemência dos dois amigos, continuava dormindo abaixo deles.

– Ele nem consegue ficar acordado. Por que acha que ele já desenvolveu essa habilidade? Esqueça, Marina.

CAPÍTULO 17

— Tobias, eu não me esqueço de nada. Se alguém conhece o potencial das habilidades do Bruno, sou eu. Quanto menos tempo acordado, mais poderoso ele fica. Com o Desafio se aproximando, ele só acordará se pressentir alguma falta de sinceridade. Eu não sou de mentir, por isso não me preocupo. E você? Teme que ele acorde?

Ele fulminava a loira com o olhar. Ela retribuiu com um olhar seguro e ameaçador. Sem parecer prestar atenção a mais nada, os dois continuaram discutindo. Marina, com grandes gestos, apontava ora o livro nas mãos de Tobias, ora as folhas espalhadas na mesa ao redor do outro garoto.

Tobias também agia como se não quisesse deixar a discussão e, entre ouvir a garota e responder, virava páginas e páginas do livro em suas mãos como se quisesse usá-lo para provar alguma coisa. Davam a impressão de que não parariam de brigar nunca mais. Sorte de Clara. O debate ocultava sua presença e não haveria melhor hora para pegar o anel. Tudo sairia como planejado: atravessaria o painel sem o Duplo e nunca mais correria o risco de se parecer nem com a Instintiva e, muito menos, com a Emocional. E Felipe? Não tinha dúvidas de que ele não precisaria de ajuda para voltar. Por certo se encontrariam no colégio na manhã seguinte e, depois dessa aventura, com certeza teriam uma relação mais amigável.

Pousou as mãos na beirada da mesa e, ao mesmo tempo, deu uma rápida conferida na movimentação ao redor. Todos se mostravam atentos aos seus afazeres e até Emet, agora de costas para Clara, conversava com um garoto.

"A hora é agora!"

Em um caminhar suave, seus dedos começaram a deslizar na madeira da mesa, passando ao lado de três livros mal empilhados. O de cima com capa surrada e título apagado deveria ser bem antigo. Conteve o impulso de arrumá-los um sobre o outro como sempre fazia com os livros do pai.

O toque no metal frio da argola disparou uma série de sensações: o ar saiu destravando o pulmão e logo Clara foi invadida por um enorme alívio. Segurou o anel e, bem devagar, começou a puxá-lo para si.

De repente, um ruído curto lhe agitou o coração e, então, a mesa vibrou. Sobressaltada, Clara largou o anel e puxou a mão de volta.

Os dois, discutindo a sua frente do outro lado da mesa, estavam bem mais agitados do que antes. Eles discutiam baixo, mas o tom era alterado. Clara não entendia o que falavam; frases e frases se atropelavam em uma discussão cuja única informação que entendera era que o rapaz chamava-se Tobias e a loira, Marina.

– Já disse que não pode, Marina.

– Pode!

– Não pode!

– Pode! – Marina deu um tapa na mesa, o que fez o garoto dormindo ao lado dela se mexer um pouco. Mas nem assim ele levantou a cabeça para saber o que estava acontecendo.

– Não pode! – Tobias respondeu à altura e deu outro.

– Pode!

– Não pode e pronto!

Só faltava essa. Daqui a pouco esses dois chegariam ao ponto de se estapear e, em consequência da briga, Clara seria descoberta. Isso, sim, era falta de sorte. Percebeu que Marina e Tobias ainda não tinham notado sua presença, pois sequer olhavam para o outro lado da mesa. Clara deslizou o corpo para frente e apoiou bem o pé no chão. Colocou a mão na mesa e começou a aproximá-la do anel.

Tobias agitou as mãos esbravejando.

– Você é teimosa! – ele disse e, dando as costas para Marina, contornou a grande mesa de madeira vindo em direção ao lado onde estava Clara. O olhar baixo e a boca tensa não deixavam dúvidas quanto a sua insatisfação. Logo, Tobias parou à direita de Clara, na exata metade da mesa entre ela e Marina. Pegou uma cadeira e sentou-se dando as costas. Tirou uma barra de chocolate do bolso do casaco e passou a degustá-lo com aparente tranquilidade. Indicava, assim, sua desistência da batalha com a loira?

Ela sorriu com ar triunfante, certamente por acreditar ter vencido a discussão. Dando as costas, foi até a mesa ao lado e meteu-se em uma roda de garotas que papeavam bem animadas.

Clara verificou que o garoto ainda dormia e que Tobias continuava degustando o chocolate, sentado de costas para a mesa. Nenhum deles seria problema. Clara respirou aliviada. Entre ela e sua salvação, o anel, tinham somente os três livros mal empilhados. Tinha certeza de que era hora de pegá-lo. Levou a mão ao anel e, evitando chamar atenção, puxou-o bem devagar.

– Levante!

Uma voz feminina cortou o ar feito uma trovoada. Clara nem quis olhar.

CAPÍTULO 18

– Levante!

De novo a mesma voz feminina, potente e ameaçadora, e a mesma reação de Clara: frio no estômago e dentes batendo como se fossem se despedaçar. Clara suava frio. Parecia que o tempo tinha parado e, na mente, a palavra se repetia: levante, levante, levante! A mão que segurava o anel, ao mesmo tempo em que o escondia, congelou ao lado dos três livros mal empilhados. Por fim, apressou-se em empurrar o anel para baixo de um deles e levantou os olhos sem saber o que esperar.

Marina, em pé, do outro lado da mesa, como uma estátua enorme e aterrorizante, tinha os olhos vidrados em Clara.

– Você é surda? Levante! – a loira repetiu.

"Será que ela desistiu de brigar com o Tobias para brigar comigo?"

– Levante! – Marina insistiu em um tom de voz mais baixo e ainda mais ameaçador.

Tobias, sentado ao lado do garoto que antes dormia e agora apresentava um semblante preocupado e ao mesmo tempo curioso, prestava atenção em Marina como se aguardasse o que aconteceria a seguir.

"Como não vi toda essa movimentação?"

Marina se aproximou dos dois. O trio assemelhava-se a um paredão prestes a fuzilar Clara.

– Quando eu falar com você, olhe para mim! – a garota disse, soltando as palavras de um jeito ritmado. O que há de errado aqui, Bruno?

– No momento não sei dizer.

Agora não tinha mais jeito, Clara precisava da ajuda de Felipe e do Duplo, mesmo que acabasse se entregando. Era melhor admitir ser uma intrusa do que apanhar daquela garota enorme.

Marina veio em direção à Clara.

– Está surda? – Ela não parecia ter pressa em falar. – Quem disse que você pode se sentar conosco?

Clara engoliu seco. Uma onda de frio subiu-lhe pela coluna, causando arrepios. O corpo estremeceu. Para sua surpresa, levantou-se empurrando a cadeira para trás. Deu um tapa na mesa, um ato bruto e sem controle igual quando segurou a mão de Emet.

Os olhos de Marina se arregalaram e a boca se abriu levemente. Todo o estardalhaço da queda da cadeira pareceu surpreendê-la.

Clara não tinha a mínima ideia de onde vinha aquela reação. Lembrou-se, de relance, de seus lábios colados e suas pernas petrificadas compartilhando as sensações físicas do Duplo. Era um momento *Eureca!* Ao ser ameaçada por Marina, a Emocional e a Instintiva travaram de medo. Só poderia ser. Ela não tinha dúvidas de que aquela reação era da Instintiva, mas isso não lhe parecia bom. Sentia-se estranha, diferente. Ao certo porque começava a acontecer exatamente o que temia: parecer-se com a Emocional ou a Instintiva. Parou por um segundo. Se estava se comportando assim era porque o Duplo, em vez de estar pelo Arquivo Cósmico como ela pensava, deveria ter voltado para dentro dela. Então... como tomaria o volante de volta?

Deu outro tapa na mesa e não parou por aí.

– Não sou surda e não vou sair daqui – Clara disse, afrontando Marina.

A garota alta e loira tinha olhos gélidos. Dava a impressão de não ser o tipo de pessoa que se abalava por qualquer coisa; mas, ainda assim, deu um passo para trás.

Clara agia de forma involuntária e perigosa. Não fazia a mínima ideia do que acontecia com o próprio corpo e do que seria capaz de fazer.

– Pelo jeito a surda aqui não sou eu! – Clara insistiu, dando um empurrão no ombro de Marina.

Ela se distanciou um pouco mais e olhou para o lado de Tobias que cruzou os braços e deu um sorrisinho intrigante. Ao lado dele, o garoto gordinho observava Clara através das grossas lentes dos óculos com armação arredondada. Os olhos assustados e as sobrancelhas levantadas talvez indicassem surpresa; Clara só não sabia se era por causa do empurrão em Marina ou do que ela faria para revidar a agressão.

Clara se voltou para ele.

– Quem é você? – Ela foi brusca na pergunta e até se assustou com o próprio tom.

O garoto moveu de leve a boca como se fosse falar, mas não saía um som sequer. Os óculos começaram a escorregar pelo nariz. O gordinho tinha cara de ser um garoto legal e o cabelo repleto de cachinhos milimetricamente arrumados, dava a impressão de que nunca faria mal a ninguém. Um som agudo saiu da boca do garoto indicando que, a qualquer momento, falaria. Parou por um instante e empurrou os óculos de volta ao lugar.

– Meu nome é Bruno – ele disse com voz baixa.

Clara se surpreendeu com o movimento brusco de seu próprio corpo, curvando-se sobre a mesa em um gesto de ameaça ao garoto.

– Se sair da cadeira, você vai se arrepender.

Bruno se encolheu e a testa enrugou. O olhar fugiu para o lado de Marina em um evidente pedido de ajuda.

Clara foi até Marina, meteu as mãos nos ombros dela e a empurrou.

– Não vai falar nada?

Marina parecia não acreditar. Deu uns passos para trás e ficou parada olhando para Clara.

"Qual é?", Clara pensou. "O que estou fazendo? Empurrar uma garota desse tamanho é suicídio. Pareço uma marionete manipulada por pedaços da minha personalidade que nem eu mesma sabia que existiam. E agora, quem vai me defender de mim mesma?"

Os dois garotos do outro lado da mesa assistiam a Clara e a Marina; mas, apesar de parecerem interessados, nenhum deles mostrou-se disposto a meter-se na briga.

O medo lhe tomava, mas Clara se percebia altiva, pronta para encarar uma garota daquelas. O que estava fazendo? Nunca brigara com ninguém. Discutir, sim, isso fazia sempre, mas chegar ao corpo a corpo, jamais! Podia até ser um pouco abusada e falastrona – o que até passaria uma imagem de encrenqueira –, entretanto, a verdade era outra: morria de medo de acabar se atracando com alguém. Então por que o corpo insistia em se comportar como se tivesse superpoderes?

Marina voltou para perto de Clara e pareceu mastigar cada sílaba.

– O que você falou, garota?

A vontade de Clara era responder "Não sei! Eu sou a única que não sabe nada. Pareço possuída!", mas na verdade ela falou:

– Pelo visto, a surda aqui não sou eu. Não vejo problema algum em me sentar com vocês. Tem tantas cadeiras e vocês nem as estão usando.

E não é que a reação explosiva de Clara surtiu efeito? Embora não entendesse, e sequer concordasse com a própria atitude, deu-se conta de que Marina levou o corpo um pouco para trás. Mas essa "reação espontânea" pareceu convocar os dois garotos, que se levantaram e, prontamente, colocaram-se ao lado da loira. Ela não tinha cara de quem deixaria barato um empurrão.

Clara vislumbrou uma possibilidade de fuga. Atrás de Marina estava o começo da escada de vidro que contornava o vão do Arquivo Cósmico, passando por todos os andares. De lá, iria direto ao primeiro andar e, então, se esconderia entre as estantes. Depois era só voltar ao último andar, por onde ela e Felipe haviam entrado. Seria só isso: chegaria lá e atravessaria o painel pra voltar para casa. Finalmente! Era tudo ou nada. Pegou o anel e correu. Mas, enquanto vencia os primeiros lances de escada, Clara vislumbrou Marina, Tobias e Bruno saindo em seu encalço.

CAPÍTULO 19

Ainda fugindo de Marina, Bruno e Tobias, Clara subia pulando de dois em dois os degraus transparentes da escada em espiral que circundava os andares do Arquivo Cósmico. O suor escorria em seu rosto, fazendo os olhos arder; entretanto, mal acabava de secar as gotas, outras mais brotavam. Tinha que chegar logo ao painel. Contudo, após subir correndo tantos degraus e passar por tantos andares, precisou reduzir um pouco o ritmo. Puxou o ar pela boca; mas, além de não conseguir repor o fôlego, ficou com a garganta seca. Começou a tossir e acabou tendo que diminuir ainda mais a velocidade até que ficou impossível continuar subindo. Apoiou o braço no parapeito e, curvando-se, descansou a testa sobre a grade fria, vencendo a necessidade angustiante de continuar. Passou o dedo com delicadeza no anel roubado da mesa de seus perseguidores; nem sabia qual deles era o dono da joia e, por mais difícil que fosse, não poderia devolvê-la ou ficar se culpando. Precisava do objeto para retornar à sua dimensão e deixá-los em paz. Não tinha outra saída.

Clara vigiou os outros andares através da grade esculpida com desenhos florais. Dessa forma, poderia ver partes da escada de vidro rodeando a abertura central dos pisos inferiores e, também, um bom pedaço de cada um dos pavimentos abaixo sem chamar muita atenção. Já fazia algum tempo que não via Marina ou um dos garotos na sua cola; mesmo assim, através do degrau transparente, conferiu o movimento na escada do piso debaixo e mais um ou dois andares inferiores. Não os encontrou. Teriam desistido de procurá-la? Então, era só chegar rápido ao último andar, encontrar o painel por onde havia entrado – e por onde logo sairia – e voltar de uma vez por todas para casa.

Deu uma última olhada no suntuoso prédio e, por mais que corresse perigo, sentiu-se bem por estar lá. Além do mais, seria a primeira vez que teria uma boa história para contar às garotas do colégio. Juju nunca acreditaria, nem mesmo a amiga – sempre cheia das aventuras, festas e viagens – teria vivido algo parecido. Riu só de imaginar a cara que ela faria. Mas, de repente, o sorriso de Clara murchou.

Alguns andares abaixo, avistou Marina apoiada na grade de proteção do parapeito como se fosse saltar e sair voando para esganar Clara.

– Você me paga! – ela gritou, apontando para Clara com uma das mãos. Sacudia a outra como se quisesse chamar a atenção. Só poderia estar pedindo ajuda para Bruno ou Tobias.

Dito e feito. Tobias surgiu de um dos corredores. Com pernas compridas e passos largos, chegou rápido ao lado de Marina, mas nem olhou para ela; seus olhos foram direto para onde a loira apontava.

Em um gesto acusatório, Marina sustentava o dedo indicador em riste revelando onde Clara estava. Desmanchando a pose, ela puxou Tobias pela manga da camiseta e falou alguma coisa bem perto do ouvido dele.

Tobias respondeu com um gesto idêntico, cochichou alguma coisa e, olhando de novo para Clara, sorriu.

Marina concordou com a cabeça. Nitidamente firmavam um pacto. Ela disparou escada acima enquanto ele correu rumo às estantes.

Clara bateu em retirada. Fugia pulando todos os degraus que conseguia com uma certeza ferrenha de que, a qualquer momento, o corpo venceria a gravidade – uma vez que as pernas se alternavam tão rápido e o corpo deslizava no ar com tal desenvoltura que até pareciam ter vontade própria. Passou por um andar, outro e mais um. Entretanto, mantendo a atenção em Marina e correndo a toda velocidade, não poderia ter certeza de quantos andares tinha subido ou quantos mais ainda faltavam. Deu uma olhada rápida para o alto da escada. De repente, o bico do tênis esbarrou na ponta de um degrau, jogando a parte de cima do corpo de Clara para frente. Em um impulso, as mãos saíram em sua defesa e ela conseguiu se segurar, batendo apenas o joelho; porém o anel, até então bem seguro na palma da mão, escorregou por entre seus dedos e rolou pelo vidro da escada.

Ele bateu uma, duas, três vezes e caiu no degrau debaixo. E não parou por aí, rolou por mais outro e, então, outro. Clara tentou segurá-lo, mas a argola bateu na lateral da mão, depois em uma das flores esculpidas na grade do vão e voltou a quicar na escada. Cada vez que o anel batia no chão, a respiração de Clara travava. E quando ele voou, prestes a despencar para os andares debaixo, o estômago se contraiu e um frio subiu até o peito. Talvez fossem meros segundos, mas ela viveu aquela sensação de montanha-russa por muito tempo; nem saberia dizer o quanto. Aquele objeto era sua única chance de voltar para a família e deixar de ser a criatura estranha que tinha se tornado ao entrar no Arquivo Cósmico. Pelo menos, na sua dimensão as pessoas não se separavam das emoções e dos instintos – por mais que, às vezes, os deixassem assumir a direção do carro transformando a personalidade que deveria ser dominante em passageira.

O anel quicava rápido e ela não discernia mais nada. Era pegar ou pegar. Clara estapeava os degraus de vidro e só parou quando se assegurou de que o aro dourado estava na palma da mão, bem preso entre ela e o vidro. Os olhos se fecharam em alívio e, aos poucos, o pânico de não mais conseguir voltar para casa foi se diluindo.

Entretanto, não conseguia mover mais nenhum músculo. Em meio ao esgotamento físico, somente o suor se movimentava escorrendo do rosto para o cabelo e, então, para o chão. Uma gota escorreu da ponta do nariz e caiu na escada. Deslizou, equilibrando-se na beirada do degrau. Foi quando o pior aconteceu. Por trás da gota cambaleante no vidro, dois ou três andares abaixo, uma imagem começou a se tornar nítida: Marina metralhava Clara com o olhar.

Em um ímpeto, Clara enfiou o anel no dedo indicador e deu um impulso se levantando. Seguiu escada acima pulando degraus sem parar. Não tinha a menor ideia de como fazia aquilo, uma força a embalava para cima como se um vento muito forte a empurrasse. Finalmente, chegou a hora em que a escada acabou e não teve dúvidas de que estava no último andar. Acima de sua cabeça, só havia a linda abóbada de vidro sustentada por filetes metálicos que formavam os círculos concêntricos do teto. Esses, com o avançar da hora, já não mais emolduravam o sol; apenas cruzavam com ele. Do outro lado do pavimento, depois da grade e do vão, avistou o painel no fim do corredor.

Correu para lá. Nem por um segundo desviou o olhar da placa de vidro translúcido cada vez mais perto, vislumbrando sua volta ao jardim do colégio. Atravessaria o portal e, quem sabe, não sairia direto pela fonte que a havia transportado para dentro daquele mundo? Terminaria por aterrissar na grama e logo estaria em casa.

De repente, o pé chocou com alguma coisa firme e o corpo caiu para frente sem controle. As pernas se levantaram e, rapidamente, aproximaram-se do chão, então bateu a cabeça, os ombros e o restante do corpo.

A força era tanta que as pernas voaram, fazendo Clara rolar pelo chão. Quando parou, deu com a nuca no que deveria ser uma parede. A cabeça começou a zunir fortemente como se fosse arrebentar. Apoiou-se meio sem jeito e, entre resmungar e sentir as dores, sentou-se atordoada. Nada ao redor se apresentava como motivo suficiente para derrubá-la daquele jeito. Então, a visão do painel fez tudo valer a pena. A poucos passos de distância a porta de saída do Arquivo Cósmico esperava por ela.

Clara sentiu seu cabelo ser puxado com tanta força que o corpo saiu do chão; e, em seguida, voltou, batendo forte contra o piso. Nem sabia mais quantas pancadas tinha levado, mas era certo que alguém a arrastava pelos cabelos. Um solavanco a puxou com força para trás. Suas costas bateram contra uma superfície dura e, em seguida, Clara desmoronou no chão. Apoiou-se na lateral do parapeito, reconhecendo a grade que contornava o vão do prédio como a "coisa" com a qual se chocara e responsável pela dor na altura da costela.

Enquanto ela se levantava, procurando quem a agredira, uma força a atingiu no estômago e pressionou-a contra o desenho da grade – fazendo com que as bordas pontiagudas das folhagens ameaçassem furar sua pele. Bateu as mãos no ar procurando o que a aprisionava, mas não havia nada, nem ninguém. Então, a força a soltou e, em um ímpeto, Clara afastou as costas das arestas pontiagudas do desenho vazado.

O último andar contrastava com os outros; não havia ninguém nem para agredi-la nem para ajudá-la, o que era estranho. Quem a teria atacado e fugido tão rápido? Jogada no chão, com as pernas estendidas e os braços ao lado do corpo, Clara não conseguia entender o que poderia ter acontecido. Enquanto se levantava, revia os fatos: havia tropeçado e caído – ainda que não houvesse nada no chão que justificasse a queda; depois tinha sido puxada por alguém, porém não notara nenhuma pessoa ao redor. Nesse instante, teve a sensação de ver alguém passando por ela. Procurou, mas não encontrou ninguém. Logo em seguida, viu de novo uma sombra, mas ao focar os olhos, não enxergou mais nada. Definitivamente, já estava maluquinha da cabeça.

A sombra ressurgiu e manteve-se frente à Clara, imóvel e distante. Tinha o contorno de uma pessoa, mas os raios solares atravessando o teto de vidro não a deixariam reconhecer quem quer que fosse. A imagem permaneceu parada a certa distância como se averiguasse Clara. O vulto foi ficando mais delineado e, aos poucos, sua feição tornou-se visível.

Ainda que muito atordoada, Clara reconheceu a pessoa na hora e não se surpreendeu. Marina se aproximou, colocou a mão na cintura e parou, olhando de cima como se fosse a dona do lugar.

— Saudades, meu bem? — Sua frieza assemelhava-se a de uma estátua. O olhar, superior e gélido, concedia ares de rainha endeusada, e o sorriso, largo e confiante, afirmava seu domínio. — O que foi, novata? Não desenvolveu suas habilidades e está tentando fugir do Desafio? — Marina observava Clara como se aguardasse alguma coisa. — Pensou mesmo que fosse fugir de mim?

Clara apertou o anel roubado entre os dedos. Só conseguia pensar em voltar para casa. Encolheu as pernas e, em um breve salto, cravou os pés no chão. Assombrou-se com a própria agilidade, entretanto, não teve tempo de reagir quanto a isso.

Marina estendeu o braço bem devagar, espalmou a mão e curvou os dedos. Fazia um gancho com a mão e o direcionava para Clara em um gesto ameaçador.

A partir desse momento, tudo piorou. Uma força, como aquela que havia derrubado Clara há pouco, apertou sua garganta e a empurrou para trás. Clara bateu as costas na grade com tanta força que um espasmo proporcionou uma sensação de choque elétrico por todo o corpo. Caiu desconcertada.

Marina, devagar, começou a fechar a mão. Mantinha a mesma posição, o braço estendido e a mão em formato de garra; mas os olhos ficavam cada vez mais assustadores e gélidos.

A força que pressionava a garganta de Clara apertou-a ainda mais, sufocando-a. Era evidente que Marina, de alguma forma oculta, controlava aquele poder. Clara, porém, tinha medo até de pensar sobre isso. A loira aproximou mais os dedos, e a força respondeu apertando ainda mais o pescoço de Clara. A rainha do gelo se aproximou.

— Estou apertando muito, meu bem? — ela disse, movendo os lábios como se moldasse cada sílaba, obrigando-as a sair no tom que lhe concedia um ar triunfante. — Ninguém seria insano de me afrontar.

— Me... me largue!

— Hum... isso não vai dar. Não é porque aqui dentro é proibido usar qualquer habilidade que eu deixaria uma ladrazinha iniciante fugir. Sabe de uma coisa? Pelo menos, você é diferente. Nunca ouvi falar de um roubo dentro do Arquivo Cósmico. Uau... nada como ser mandada embora com honras... negativas, óbvio!

Marina baixou o braço e, de súbito, a força parou de apertar o pescoço de Clara. Não restavam dúvidas quanto ao poder oculto da loira.

O ar entrou rasgando o peito de Clara, mas, pelo menos, respirava de novo. Deslizou o dedo pelo aro do anel; sabia que, a cada minuto, suas chances de ir embora diminuíam. Fantasiava sobre o que fariam com ela quando descobrissem que havia entrado no Arquivo Cósmico sem autorização e, pior, roubado o anel de uma aluna. Isso, sim, deveria ter uma punição bem grave. De novo, passou o dedo no anel. Só queria ir embora. A coluna gelou e o corpo estremeceu. Os ossos pareciam ser esmagados.

Marina se curvou para Clara.

– Por que eu nunca te vi por aqui? – ela disse, como sempre aparentando moldar as vogais.

Marina parecia gostar daquilo, pensou Clara, parecia gostar até demais. O que mais a entretinha deveria ser: sua presa impedida de se mexer por uma força invisível e ela reinando por completo.

Sem muito fôlego, Clara balbuciou:

– Você se acha a rainha do gelo, não é mesmo?

– Você falou alguma coisa, novata? – Marina investigava milímetro a milímetro o rosto de Clara. Não parecia ter pressa; o que não era nada bom, pois, ao certo, confiava que Clara não sairia dali tão cedo. – Por que eu nunca te vi por aqui?

– Está me perguntando se eu sempre venho aqui ou afirmando que nunca vim? – As palavras escapuliram da boca de Clara.

– Eu nunca esqueceria um rosto. – Ela deu uma pausa. – O que você queria roubando meu anel? – Segurou com força o queixo de Clara. – Responda!

– Sair daqui! – retrucou, puxando o rosto.

– O que foi, novata? Não desenvolveu suas habilidades e está tentando fugir do Desafio?

– Me deixe em paz! Você já me pegou, não foi? Então me entrega logo e dane-se o que vão fazer comigo! Que me matem, não importa.

Marina riu e, afastando-se, intensificou o tom de deboche.

– Matar? E, por acaso, isso seria pior do que... – Marina parou pensativa. Perdeu o olhar pelo ambiente ao redor e ficou assim por alguns segundos. Até parecia que Clara tinha falado algum absurdo. Depois escancarou a boca e baixou os olhos ao mesmo tempo em que os lábios se estiraram em um sorriso. – Você não é daqui. Você não é daqui! – repetiu triunfante. Ela se agachou rápido e, com as mãos espalmadas, apertou o rosto de Clara. – Você é uma marmota. Não passa de uma Simples Mortal!

Ela falou aquilo como se dissesse "você é uma aberração". Clara não sabia o que significava ser uma "Simples Mortal", mas uma coisa ficou bem evidente: não era nada bom.

A rainha do gelo apertou o rosto de Clara e a empurrou contra a grade da abertura central do prédio. As pontas das folhas esculpidas na armação prateada voltaram a pressionar a sua pele.

– Não posso acreditar. Você precisa do anel para sair.

Sem dúvida, para Marina era um momento *Eureca!*, mas, para Clara, o pior estava por vir: acabara de se entregar e não fazia ideia do que aconteceria. Um impulso violento tomou-a por completo. A respiração ficou curta e o coração pulsava espalhando a ansiedade. Além da sua vontade, seus braços se juntaram e foram se enfiando entre os de Marina, que ainda segurava-a pelo rosto. Numa explosão de força, Clara empurrou, não só os braços, mas também o corpo da rainha do gelo para trás.

Como antes, com um leve salto plantou os pés no chão e já ficou em pé. Aproveitando-se da falta de reação da garota loira, empurrou-a de novo e, com ainda mais força, Marina foi lançada pelos ares. Voou entre as estantes até trombar com uma delas no fundo do corredor. Em seguida caiu, arrastando consigo alguns livros que acabaram por soterrar metade do corpo dela.

"Como foi que eu fiz isso? Parece que um super-herói acertou a Marina e não eu."

Foi, então, que a joia em seu dedo saltou aos olhos de Clara.

– Foi o anel! Foi o anel que me deu tanta força.

CAPÍTULO 20

Em um piscar de olhos tudo mudou. Clara se libertou de Marina e, ainda em pé, estática e boquiaberta com as próprias reações, deixou os olhos saltarem entre os dois corredores a sua frente. Ao final de um deles estava o painel, a porta de saída do Arquivo Cósmico. No fundo do outro, uma visão ainda inacreditável: com a parte debaixo do corpo soterrado por uma confusão de livros, uns escancarados, outros rasgados e outros, ainda, equilibrando-se como restos de um desmoronamento, Marina parecia desacordada. Clara tinha urgência em atravessar o portal que a levaria de volta para casa, mas não conseguia deixar a rainha do gelo.

A superfície translúcida do painel esboçava a imagem de um jardim florido e cheio de jovens. Só poderia ser o jardim do colégio, pensou ela, de onde nunca deveria ter saído. Neste instante, ocorreu-lhe que Juju deveria estar muito preocupada com seu sumiço. Lembrando-se da amiga, atentou para a semelhança entre Juju e Marina, tão parecidas fisicamente e tão diferentes em personalidade: a amiga, sempre sorridente e gentil não lembrava em nada a outra, metida e arrogante.

Vindo debaixo, um rápido brilho chamou a sua atenção. A pedra do anel, antes uma gota verde e translúcida, agora estava mais escura – lembrando um céu noturno onde pequenos raios lampejavam. Fascinada pela beleza do movimento no interior da joia, só agora se questionava por que teria colocado o anel no dedo indicador; usá-lo na mão direita fazia sentido, mas nesse dedo? Um barulho no fim do corredor tirou Clara de seus pensamentos. Alguns livros, antes ao redor de Marina, agora despencavam.

— Marina, você está bem? – Ela foi se aproximando. Sentia-se incomodada com a situação. Nunca se imaginara atacando alguém daquele jeito. – Marina? – chamou mais alto. – Marina! Acorde!

Marina não se movia. Com o corpo meio sentado, meio caído de lado, até parecia inofensiva e, pior, vulnerável. E isso não combinava nem um pouco com a rainha do gelo.

Clara foi tomada por uma onda de frio que subiu pela coluna fazendo o corpo estremecer levemente. Uma sensação de urgência correu pelas veias: precisava soltar Marina. De uma hora para outra, atirou-se sobre a pilha de livros. Espalhava, lançava, empurrava, tudo ao mesmo tempo, o que importava era tirar todos aqueles exemplares que soterravam a loira. Nem sabia como manejava aqueles pesados *tijolos* de páginas amareladas com tal desenvoltura.

De súbito, Marina cravou o olhar em Clara e não disse nada. Ficou parada, sem aparentar qualquer resquício da soberba anterior.

– Você está bem? – Clara perguntou, baixando os olhos e tentando se concentrar em afastar os livros e não no olhar gélido da garota. Apoiou o joelho em uma pilha deles e se esticou para afastar alguns outros que ameaçavam cair sobre o ombro de Marina. Era certo que a machucavam. Não entendia direito por que agia assim: ao mesmo tempo em que tinha uma enorme necessidade de ajudá-la, queria correr para o mais longe possível. – Quer que eu a ajude a se sentar? Posso segurar seu braço e te puxar para cima?

Marina fez que sim com a cabeça, mas a boca entortou um pouco para o lado, deixando transparecer o quanto isso era difícil para ela.

Clara a puxou e a encostou na parede. Ficou ali, agachada ao lado de Marina. Não sabia bem o que fazer, se tocava na outra ou não, se apenas mantinha-se em alerta e próxima ou se não fazia nada e fugia de uma vez.

Em um ato brusco, Marina segurou na camiseta de Clara, bem perto do pescoço, e a puxou deixando as duas cara a cara. Sua fisionomia era péssima, os olhos pareciam com raiva, mas estavam diferentes: apresentavam uma mistura de fúria e vergonha, era aterrorizante. Marina olhava profundamente para Clara, que não conseguiu mais desviar a atenção. Foi quando uma bola vermelha e translúcida, assemelhando-se a um rubi, surgiu no olho dela como se, em vez de uma íris, Marina tivesse pedras preciosas nos olhos. E como se isso já não fosse aterrador o suficiente, o rubi cintilou e, em um passe de mágica, transfigurou-se em uma chama de fogo. Clara teve certeza de que tudo só tendia a piorar.

Num golpe, Marina pegou Clara pelo pescoço e apertou logo abaixo dos ossos da mandíbula. Deixou a curvatura da mão no lugar exato para espremer a passagem de ar.

Clara agarrou os dedos da loira; mas, por mais que puxasse, não se moviam.

Marina apertou mais e, empurrando Clara para cima, se levantou. A força da rainha do gelo era tanta que Clara não teve outra saída senão ficar também em pé. Clara ainda segurava forte nos dedos da rival, puxando-os o quanto podia, quando o anel em seu dedo indicador soltou um brilho rápido.

Marina, ainda sufocando Clara, começou a empurrá-la para trás até prendê-la contra a grade de ferro e, para piorar a situação, não parou de empurrar.

– Não vou deixar uma Simples Mortal me vencer! – Marina parecia capaz de qualquer coisa.

O corpo de Clara pendia para trás e, rapidamente, a gravidade a puxou para dentro do vão do prédio. Os pés saíram do chão e a cintura perdeu o apoio da grade. Esticou a mão, segurando-se na barra de ferro, mas seus dedos úmidos de suor escorregavam.

– Você acha que é assim? Entra no Arquivo Cósmico, rouba e foge?

Clara alcançou o rosto de Marina e a empurrou para trás, obrigando-a a se afastar um pouco. Empurrou mais; entretanto, a rainha do gelo não cedia e Clara não conseguia respirar. Foi quando o anel, na mão que Clara usava para afastar o rosto de Marina, cintilou de novo. Um amargor tomou-lhe a boca e, em seguida, as vistas embaçaram. Braços e pernas desfaleceram ao mesmo tempo em que um calor subiu dos pés à cabeça. Logo o corpo estava tão relaxado, tão inerte que só precisaria fechar os olhos e deixar-se levar pela gravidade, puxando o corpo para dentro do vão. Mas um espasmo, como um susto daqueles que aceleram o coração e deixam um zunido na cabeça, tomou-lhe o corpo. Veio seguido por uma onda de frio na espinha. Como da última vez, o corpo de Clara arrepiou-se, estremecendo os ossos. Entretanto, agora não sentia dor ou mal-estar; muito pelo contrário, estava revigorada. Sentia-se forte e muito viva. Agarrou os dedos de Marina, que ainda lhe apertavam o pescoço, e os envergou para trás. Para sua surpresa, era fácil até demais, nem parecia que antes assemelhavam-se a rochas. Empurrou-a de tal maneira que fez Marina soltá-la e cambalear pra trás. Mas a rainha do gelo era rápida e decidida, prostrou-se diante de Clara e tomou impulso para o ataque.

Em um ímpeto, Clara levantou as mãos para se defender e, de novo, o anel soltou um brilho mais forte que os anteriores e reluziu tanto que, por algum tempo, Clara não pôde ver nada ao redor. Só lhe restou piscar algumas vezes e estreitar o olhar tentando localizar sua agressora. E qual não foi sua surpresa quando encontrou Marina paralisada como se fosse uma estátua? Isso só poderia ser obra do anel. Não saberia dizer que tipo de força sobrenatural ele possuía e nem porque a havia protegido, mas não tinha dúvidas quanto ao seu poder. Clara mirou o painel no fim do longo corredor. Talvez não encontrasse outra chance de fugir. Saiu em disparada.

CAPÍTULO 21

Clara tinha certeza absoluta que os borrões disformes e coloridos que apareciam no vidro translúcido do painel eram a prova de que sairia direto no jardim do colégio. Não via a hora de encontrar Juju. A amiga nunca acreditaria no poder do anel que agora usava no dedo indicador. Pena que, quando retornasse, o anel não a acompanharia. E quando pensava que, com poucos passos, atravessaria o portal – deixando o Arquivo Cósmico no passado –, reduziu o ritmo e, sobre o ombro, conferiu se continuava a salvo. Nenhum movimento naquele corredor e, melhor, nenhum sinal da rainha do gelo por perto. Mas, quando se virou para o painel, uma silhueta humana estava bem a sua frente, entre ela e a grande placa de vidro translúcido.

De súbito, o estômago gelou. Ainda tentou parar, mas foi a pior decisão de todas. O tênis deslizou no chão e, feito descida de montanha-russa, a sensação de queda a tomou. Evitando o choque contra a silhueta, jogou o corpo para trás e amenizou a queda com os braços. Parou a poucos metros dela. Fixou os olhos conferindo quem seria.

– Você não vai fugir assim, meu bem!

– Marina? – Clara quase se engasgou. – Como chegou aqui? Como... – desistiu de falar. Era óbvio que a garota com tendências à tirania não a deixaria em paz. Levantou-se em um impulso e estendeu o braço contra Marina, empunhando o anel como se fosse um escudo. – Vai anel! – Mas nada aconteceu. Chacoalhou a mão e insistiu. – Vai anel, faz alguma coisa! – Olhava o objeto inerte em seu dedo e não acreditava. Será que só funcionava certo número de vezes?

Marina cruzou os braços.

— Aproveita a chance e corre... — ela disse com uma pompa de rainha do gelo e começou com a contagem regressiva. — Cinco... quatro... três...

Clara tentou usar o anel mais uma vez e nada.

— Dois... — Marina continuou. — Um.

O jeito seria fazer do modo antigo: fugir pelos corredores até despistá-la. Clara fugiu correndo para o lado do vão do prédio. Seria possível que nunca escaparia do Arquivo Cósmico? Repentinamente, Marina passou voando sobre Clara e aterrissou sobre o parapeito. Agachada e equilibrando-se na grade, tinha o olhar firme e o ar imponente de um animal cercando a presa.

— Vai aonde, Simples Mortal? — Ela ergueu a cabeça e, só depois, os olhos. — Você deveria ter cuidado com esse anel; é poderoso demais para você.

Em um brusco ataque, Marina saltou. Era impossível identificar como ela fazia aquilo. Vencendo a gravidade, elevou-se do chão, rodopiou no ar e saiu voando para cima de Clara, atingindo-a com os pés diretamente no centro do peito.

Clara voou para trás e só parou quando bateu contra uma estante. Em seguida, uma pancada lhe atingiu a parte detrás da cabeça. Desmoronou no chão.

Em um piscar de olhos, Marina já estava sobre Clara com o joelho apoiado na altura das costelas dela, imobilizando-a. Com um dos braços preso por Marina e o outro travado entre os corpos das duas, só restava espernear; mas, quanto mais se agitava, mais a rainha do gelo pressionava o joelho contra ela. Clara ainda tentou um último golpe, um chute nas costas da garota, mas não a alcançou. Marina, batendo o antebraço na parte de cima do peito de Clara, bem perto do pescoço, a empurrou contra o chão, mantendo-a sem possibilidade de fuga.

— Saia de cima de mim, Marina — Clara pediu em meio ao esforço para se mexer.

— Cadê aquela braveza toda com que me enfrentou lá embaixo? — Marina provocou.

— Esmagada junto de meu corpo. — Conseguindo soltar uma das mãos, ela empurrou o tronco de Marina e ordenou. — Saia! Me deixe em paz! — Conseguiu afastá-la um pouco, mas não aguentaria por muito tempo. O braço empurrando a rainha do gelo perdia firmeza. Esfregou os dedos na argola do anel, implorando por alguma atitude do objeto.

"Quero ir embora... quero ir embora... quero ir embora."

O arrepio na coluna surgiu de novo. Das outras vezes que havia sentido o mesmo, algo acontecera. Em seguida, todo o corpo estremeceu. A previsão se cumpriu e, então, como um guerreiro anunciando o início do combate, berrou com todas as forças ao mesmo tempo em que soltou as mãos e socou toda e qualquer parte de Marina. Queria esmagá-la, cegá-la, arrebentá-la – qualquer coisa que a impedisse de atacar de novo. Quando a garota se afastou um pouco, Clara jogou as pernas para o lado e, apoiando as mãos no chão, deu um giro rápido se distanciando. Em um único impulso, levantou-se e cravou os pés no chão. De canto de olho, localizou o painel no fim do corredor a sua direita. Sairia do Arquivo Cósmico nem que fosse a última coisa que faria na vida. Do nada, a garganta de Clara começou a coçar. Engoliu, mas isso só piorou o incômodo, obrigando-a a tossir.

Marina riu.

Clara tossiu ainda mais.

Marina parecia esperar por aquilo e, pelo jeito, gostava muito do que via.

– É por isso que nenhum Simples Mortal pode conhecer suas habilidades. – Ela se aproximava enquanto assistia a tosse de Clara tornar-se uma ânsia de vômito. – Você acha fácil ter poderes? Acha que pode usar um anel que desperta todo seu potencial? Suas habilidades? Você só me machucou por causa disso. – Ela segurou a mão de Clara mostrando o anel. – Isso aqui é demais para você.

Em meio à convulsão ruidosa do peito, Clara tentou falar.

– Sei... sei que... eu...

– Sabe nada. Quem não sabe dominar o Duplo não consegue usar o poder do anel. E quer saber? Nenhum Simples Mortal consegue dominar seu Duplo. Vocês são fracos, meu bem.

Um frio na espinha perpassou o corpo de Clara, fazendo-a estremecer. Pronto. Sabia que a onda gélida era sinal de que a Instintiva se pronunciava. Do nada, desferiu um soco ágil contra Marina que, apresentando destreza, esquivou-se do golpe. Clara tinha colocado tanta força no soco que, ao errar a oponente, desiquilibrou-se, caindo para frente e batendo a barriga na grade atrás da loira.

– É uma marmota! – Marina ria.

O coração de Clara disparou. Não teve dúvidas de que a Instintiva tomava o volante do carro. Para sua própria surpresa, percebeu-se socando o ar em busca de acertar Marina.

Sem tirar o sorriso do rosto, a rainha do gelo movia os ombros se esquivando dos golpes de Clara. Movia um e depois o outro como se fizesse uma dança ritmada. Ou os golpes eram muito previsíveis ou Marina era habilidosa demais em brigas.

Entretanto, Clara insistia em desferir mais e mais socos.

Marina se esquivava e ria.

Depois, tentando acertar o rosto da loira, socou o vento e, outra vez, Marina fez chacota.

Sem fôlego, Clara parou. Ao puxar o ar, o centro do peito ardeu como se queimado por brasa.

– Adoro ver como vocês, Simples Mortais, nem precisam de ajuda para se destruir.

Clara baixou os olhos. O coração parecia querer fugir, por certo de vergonha pelo esforço inútil. Apoiou-se na grade que, tantas vezes, ajudara Marina a golpeá-la e se sentou. Era o fim, sabia. Por certo, a rainha do gelo a entregaria para alguém muito pior que ela – e olha que Marina já era bem ruim.

Quando a loira se aproximou e agachou de frente para ela, Clara não teve a mínima dúvida de que iria se dar mal.

– Achou mesmo que fosse embora sem pagar por seus atos, Simples Mortal?

Sem a mínima chance de fugir, Clara engoliu seco. Do nada, uma contração involuntária levantou o braço e, em um espasmo, para sua surpresa, agarrou a mão de Marina bem em frente ao seu rosto. Por que fez aquilo? E como sabia que Marina moveria a mão em sua direção? De novo, uma contração involuntária. Desta vez, o outro braço se levantou e, em um piscar de olhos, agarrou a outra mão de Marina – que, pela proximidade, tentaria tocá-la. Apertou as mãos da rainha do gelo sentindo os dedos dela curvarem para trás e, então, deu um pequeno empurrão.

Em vez de simplesmente tombar, Marina foi lançada para trás e seu corpo deslizou pelo chão por metros e metros, parando no meio do corredor entre Clara e o painel.

Marina se levantou. Pôs-se de pé tão rápido que até pareceu levantar voo.

CAPÍTULO 21

Sem ter a mínima ideia do que ela faria, Clara também se colocou de pé. Foi, então, que tudo se complicou.

Marina se aproximou em uma velocidade fora do normal. Desferia socos e mais socos; um golpe atrás do outro. O que surpreendeu Clara não foi a habilidade de Marina, mas sua própria destreza em fugir da agressora. Era tudo tão ritmado que até parecia saber o lugar exato onde o soco de Marina a atingiria e assim, com toda calma do mundo, desviava. Simples assim. Não acreditou na habilidade que o corpo demonstrava. Era tudo muito rápido até que, de repente, começou a ver os movimentos de Marina em câmera lenta. E não era só isso. Via os próprios braços se movendo tão tranquilamente e em tamanha sintonia com os ataques da rainha do gelo, que as duas pareciam reproduzir uma luta em forma de dança.

O semblante de Marina, também em um compasso mais lento, se modificou para uma expressão de pura raiva. Os olhos começaram a mudar e um rubi escarlate surgiu no lugar da íris. Os movimentos de Marina passaram de câmera lenta para o tempo normal – ou, talvez, anormal, visto que a garota movia os braços tão rápido que nem dava para acompanhá-los.

De uma hora para outra Clara levava socos, chutes na lateral das pernas e muitas pancadas que lhe atordoavam. Quando o frio subiu pela espinha, o próprio corpo respondeu. Com um impulso para cima, deu um giro no ar. Feito um gato ágil, caiu no mesmo espaço e, logo, os punhos se fecharam, protegendo o queixo.

De forma brusca, Marina passou a atacá-la.

– Qual é o seu nome, garota? – perguntou em meio a uma série de chutes e socos.

Clara mal conseguia se defender das pancadas, e Marina era capaz de conversar enquanto a agredia? E por que ela se mexia tão rápido? Clara até conseguia, vez ou outra, se proteger ou até devolver alguns golpes; mas queria mesmo era que a garota voltasse a se mexer em câmera lenta e não mais nesta versão de supervelocidade. Por que a droga do anel não funcionava? Teria validade? A joia estava mais para os três pedidos do gênio da lâmpada do que para um objeto de poder. Clara foi derrubada por sua distração. Marina a acertou na lateral da barriga, fazendo-a cambalear para trás.

– Vamos lá, anel, me ajuda! – Clara balbuciou. Rezando para que o anel funcionasse, chacoalhava a mão.

Marina parou de atacá-la e falou baixinho em tom de confissão.

– Nunca entenderá *como* usá-lo, meu bem.

Elas se afastaram, mas Clara não desviou a atenção da outra. Loira, alta e magra, Marina agia com arrogância e soberba. Com um leve movimento, tombou o rosto para o lado, mantendo o queixo baixo e sorriu.

– Posso entender qualquer coisa que eu quiser, meu bem – Clara respondeu, afrontando a outra e imitando-a com uma nítida atitude da Instintiva.

– Qual o seu nome? Responda, Simples Mortal!

– Clara – disse, procurando manter-se altiva.

– Um nome sem graça como você!

Logo na sequência, a loira voltou a atacá-la. Continuaram se enfrentando e, golpe de cá, golpe de lá, as duas batiam e apanhavam. Clara percebeu que estava muito perto do painel. Forçou um último golpe e teve sorte: um soco atingiu o queixo de Marina, afastando-a.

Clara saiu em disparada e não pararia até atravessar aquele portal. Queria dar uma última espiada no Arquivo Cósmico e quase virou o pescoço para olhar sobre os ombros, mas não o fez. Apertou a mão, sentindo o anel bem firme no dedo e deu um impulso, cruzando o vidro translúcido de uma vez. Parecia um sonho, foi como atravessar uma cortina de luz e sair voando. A luminosidade a obrigou a fechar os olhos e, involuntariamente, as mãos os cobriram. Deixou o corpo planar até perceber a luz diminuir e o azul começar a tomar o ambiente. Teve certeza absoluta de que, a qualquer momento, alcançaria o jardim do colégio. Engano seu. Em um piscar de olhos se viu caindo no espaço vazio.

CAPÍTULO 22

Clara sequer gritou. O frio no estômago e o coração flutuando na garganta eram as únicas reações ante a surpresa da queda. O azul ao redor talvez indicasse que despencava do céu. Mas para onde? Deveria sair no jardim do colégio. Tinha visto flores e folhagens estampadas no vidro translúcido do painel pouco antes de Marina surgir para atrapalhá-la. Conferiu a mão direita e, como havia previsto, o anel não estava mais lá.

Despencou sobre folhagens que a arranharam toda. Tentou proteger o rosto com os braços, mas os pequenos galhos foram bem mais rápidos e espanaram seus lábios e bochechas, enquanto as mãos só agarraram folhas e pétalas amarelas. Caiu de barriga para baixo em um solo fofo e acabou com o rosto enterrado. Sentou-se, retirando a terra grudada na face e terminou por limpá-la com a barra da camiseta. Só então se percebeu rodeada de plantas com caules longos e pouca folhagem. No fim das hastes verdinhas, grandes flores amarelas deixavam um pequeno espaço para que visse o céu ao fundo.

De repente, Clara foi atropelada por um peso enorme que, além de cair sobre uma de suas pernas, ainda lhe deu uma pancada no ombro e a derrubou para o lado. E, pior, a "coisa" continuou se mexendo até que lhe deu uma cotovelada.

– Ai! – Clara resmungou.

A "coisa" parou de se agitar.

– Ei, garota, você me deu uma cotovelada.

A voz era de um jovem rapaz e seu tom era de indignação.

Clara nem olhou para ver quem era, deu logo um empurrão.

– Foi você que caiu em cima de mim, imbecil! – ela disse.

– Eu só queria evitar que você fizesse ainda mais estragos! – ele respondeu, voltando-se para ela.

Clara reconheceu a fisionomia redondinha e as bochechas coradas, sustentando a armação arredondada dos óculos. "O garoto dorminhoco?"

– Como vai, dona moça? Eu sou o Bruno – ele esticou o braço e parecia cordial. – Muito prazer.

Ela deu a mão a ele.

– Muito prazer, Clara.

– Lembra-se de mim? Hum... – Ele deu uma pausa e a observou. – Não precisa ter medo.

– Não estou com medo.

Bruno bocejou.

– Sei, sei que não está. Garotinha, você não é de pensar muito, né? Achou que fosse parar onde, roubando o anel e pulando no painel daquele jeito? – ele disse, tirando algumas pétalas amarelas dos cabelos anelados.

– Não tenho mais o anel. Agora, me deixe em paz! – Clara retrucou, também retirando restos das plantas do cabelo. Foi se levantando e, mal a cabeça passou além das flores, foi puxada pela camiseta com tanta força que desabou no chão. Caiu sentada ao lado de Bruno.

– Quer que todos a vejam?

– Quero que você me solte. Está maluco? – Clara disse.

– Não. Não solto e não estou maluco. – Ele franziu as sobrancelhas e apertou os lábios. – Este é um lugar hostil para uma Simples Mortal.

Clara paralisou.

"Simples Mortal..."

Fora exatamente assim que Marina a chamara quando descobriu que Clara não pertencia àquele lugar. Ele também deveria saber que ela era uma invasora. Precisava fugir, mas sequer teve tempo de tentar. Bruno agarrou-lhe o pulso e o apertou.

– Não fuja!

– Você está me machucando. – Ela puxou o braço, mas não conseguiu se soltar. – Todos vocês são assim? Só sabem agredir?

– Se você não me ouvir, vai se complicar de verdade.

– Ai... está me machucando!

— Sou o único que pode te ajudar.

— Não preciso de ajuda.

— Precisa, sim. Não minta para si mesma.

— Chega. Está me machucando!

— Não consigo parar. É você quem tem que parar de mentir.

Bruno olhou para a própria mão apertando o pulso de Clara e aparentou preocupação.

— Droga! — Ele fechou os olhos e soltou o ar com um sonoro gemido. Os dedos dele afrouxaram um pouco.

— Fui o primeiro a descobrir suas mentiras, mas, com certeza, não serei o último. Quanto tempo acha que vai levar para que outras pessoas descubram quem você é?

— Eu sei cuidar de mim. Agora solte meu braço, você está me machucando!

— Dá para perceber quando você está mentindo por esse músculo aqui. — Ele apontou para o queixo dela. — Esse bem embaixo da boca. Quando você mente, ele repuxa para baixo.

— Eu não estou mentindo! Vocês agem de um jeito maluco e desconfiam de todos! Acho que são vocês que estão escondendo alguma coisa. O que fazem aqui? Que lugar é esse? Tenho certeza que vocês nem são humanos. Eu só quero sair daqui! Só isso. É pedir demais? Felipe disse que ninguém podia me ver e eu tentei, tentei mesmo! Mas não teve jeito! — Ela fez uma pausa. — Só quero ir para casa.

Bruno soltou o braço de Clara.

— Melhor assim. Quando você assume a verdade, todos ficamos bem. Agora, dona moça, preste atenção. Você precisa sair daqui antes do pôr do sol.

— Mas eu...

— Não fale! Apenas escute! Ninguém mais pode te ver. Se a Marina te encontrar de novo, vai te entregar para Vanessa Biena. Seu tempo está acabando, você precisa sair logo daqui.

— Por que você está me ajudando?

Uma sombra ágil cortou a luminosidade. Pernas usando calças jeans passaram contornando o canteiro.

— *Shiii...* — Bruno sussurrou. — Deve ser um Ativo.

— O que é um Ativo?

— Bruno! – uma voz feminina chamou.

De imediato, Bruno tapou a boca de Clara.

— Quieta. Não é qualquer Ativo... é a Marina.

Marina continuou chamando até que a voz foi se distanciando.

Bruno segurou as mãos de Clara, apertando-as entre as suas.

— Preste atenção. Se você voltasse ao *hall* do Arquivo Cósmico, conseguiria saber, com certeza, em qual mesa estávamos?

— Sim.

— E a cadeira em que eu estava?

— Se não as trocaram de lugar, eu saberia, sim.

— Ótimo. Deixei um anel preso embaixo da cadeira onde eu dormia. É o anel certo para que você atravesse o portal e saia direto ao lado da fonte do seu colégio.

— Como você sabe?

— Confie em mim. Pegue o anel e vá embora. Ninguém mais pode te ver, entendeu?

— Se o outro anel não funcionou, por que esse funcionaria?

— Porque aquele anel não era seu. O que deixei no *hall* é. Considere um presente meu.

Ao longe, Marina voltou a chamar por Bruno.

— Vou distraí-la – ele disse, ajeitando os óculos. – Ela está louca atrás de você e não vai desistir nunca.

— Bruno! – A voz de Marina estava mais perto.

O garoto passou a mão nos cachinhos louros caindo sobre os olhos.

— Pegue o anel e vá direto para o portal. Entendeu, dona moça?

— Por que você está me ajudando?

— Bruno! – O grito de Marina estava bem perto. Do lado de fora do canteiro, bem à frente deles, um par de pernas usando jeans se movia de um lado para o outro. Só poderia ser ela. – Bruno! Você está por perto, eu sei.

De súbito, ele se levantou.

— Aqui!

— Estava fazendo o que no meio do canteiro de girassóis?

— É por causa do Tobias. Só estava fugindo das brincadeiras sem graça dele. Quando você não está perto, ele me persegue e incomoda.

– Vou falar com ele, mas não me faça perder tempo. Tenho que trucidar uma Simples Mortal.

– Esqueça a garotinha. – Bruno saiu do canteiro.

– Não mesmo, meu bem. Não mesmo!

As vozes de Marina e Bruno foram se distanciando até que sumiram.

Clara foi se levantando aos poucos. De cima podia ver que a porção de girassóis ao seu redor, tão pertinho uns dos outros, criavam um bom esconderijo. Garantiu que não havia ninguém observando e foi saindo do meio do canteiro. Batia as mãos na calça jeans espanando terra, folhagens e pétalas amarelas quando observou onde estava. Até aquele momento nunca tinha visto algo tão surpreendente.

Depois de um enorme gramado com jardins coloridos e, aparentemente, flores de todas as espécies do mundo, um muro de pedras demarcava o espaço. Depois dele, uma junção das águas de diversas cachoeiras ao longe parecia seguir em direção ao sol que, feito uma bola de fogo, mergulhava sob as águas. Era o pôr do sol citado por Bruno como seu tempo limite de permanência naquela dimensão. De um segundo para o outro, a imagem foi de sonho a pesadelo.

"Canteiros, flores, cataratas e um descampado verde repleto de jovens. Onde é que eu estou? E como eu faço para chegar até a mesa no *hall* do Arquivo Cósmico?"

CAPÍTULO 23

Clara teria se encantado com o lugar não fosse a verdade dos fatos: Marina era o menor de seus problemas, afinal, qualquer um ao redor poderia acabar com seu plano de voltar para casa sã e salva.

O descampado verde, repleto de jovens circulando entre canteiros floridos, moldava um cenário amistoso. Todos agiam como seus amigos do colégio: conversavam, riam ou se empurravam, brincando tal qual jovens comuns. Seriam os mesmos que havia encontrado no Arquivo Cósmico? Não poderiam ser. Os do Arquivo Cósmico usavam trajes comuns, em sua maioria, jeans e camiseta, nada muito diferente do que ela costumava ver. Já estes usavam roupas de cor única e forte, uma espécie de macacão de mangas longas e gola alta. Averiguou suas roupas: camiseta colorida, calça jeans e o mesmo tênis rabiscado de sempre. Começava a ficar difícil não levantar suspeitas, então, era bom que ela descobrisse logo como voltar ao Arquivo Cósmico.

Quando Clara deu as costas para o sol que afundava em meio às cataratas, surpreendeu-se. Entre os girassóis, de onde há pouco tinha saído, encontrou uma gigantesca bola translúcida em tons de verde bem clarinho. Mais parecia que uma enorme bolha de sabão aterrissara no canteiro e ali jazia.

Embrenhou-se no campo de girassóis e foi se aproximando da cúpula. A superfície do vidro era milimetricamente marcada como se a bola tivesse sido construída com blocos de vidro que lembravam o relógio de parede da cozinha da sua casa. Justamente aquele que a mãe adorava repetir que tinha um formato *oitavado*. Palavra estranha. Inesperadamente, um ruído ecoou bem perto, à direita de Clara. Lembrava uma porta automática de *shopping* se abrindo. Ela se abaixou. O canteiro já havia servido de esconderijo e não poderia estar em melhor lugar. Seguindo a parede da bolha enterrada entre as flores, engatinhou em direção ao barulho. Encontrou uma rampa que ia do exterior do jardim até a lateral de vidro. Acabava ali, sem porta ou passagem alguma. O ruído se repetiu. Estava perto, muito perto; mas quando viu o que era, nem acreditou. Uma grande abertura surgiu na bolha de vidro, criando um buraco na construção abaulada que se conectava com a rampa. Rumores saíam da suposta porta e, em meio ao emaranhado de sons, algumas frases se sobressaíram.

– É diferente! – A voz feminina expressava medo.

– *Shiii...* – disse a outra voz, também feminina, em tom de sigilo. – Será um contra o outro, mas ninguém sabe. Quando passei no corredor, ouvi Vanessa e Emet conversando.

– Emet é tão fofo... até parece um garoto normal – a primeira voz replicou.

– Se concentra, Luana. Parece que esse ano o teste fará jus ao nome... – A garota deu uma pausa instigante. – Desafio! Um teste que se chama Desafio não é de dar medo?

– É. Ainda bem que só passamos por isso uma vez a cada ano.

Clara se lembrou de quando Vanessa a encontrou com Felipe e lhes disse que deveriam "se preparar para o Desafio". A primeira pergunta da rainha do gelo após o furto do anel também era ligada a tal evento: "quer fugir do Desafio?", ela disse. E Clara recordava-se muito bem disso.

Duas garotas saíram da abertura no vidro e desceram tranquilamente a rampa em direção ao gramado. Só poderiam ser as "donas" das vozes que Clara ouviu. Ambas usavam os tais macacões – que deviam ser uniformes para o Desafio – e se distanciaram rápido.

Clara deixou para trás as flores do canteiro e parou na rampa que levava à abertura na grande bolha. Quando espreitou para dentro, seu coração quase parou. O que via não era verdade, não poderia ser. Pensando bem, até poderia, só não fazia sentido.

– Como o Arquivo Cósmico cabe aí dentro?

As palavras escapuliram da boca. Tudo bem que, por fora, a bolha de vidro fosse enorme; mas, ainda assim, parecia impossível que todos aqueles andares coubessem lá dentro. Clara foi entrando. A abertura dava direto ao fim de um dos longos corredores formados por estantes. Lá na frente, avistou algumas mesas e cadeiras e as identificou na hora. Encontrava-se no andar do *hall* do Arquivo Cósmico, no exato lugar onde precisava estar. Queria pular e gritar comemorando a descoberta, mas se conteve. Agora era só pegar o anel e voltar para casa.

Neste instante, três silhuetas surgiram no começo do corredor tomando o rumo de onde ela estava. Clara deu as costas e, calmamente, começou a voltar para o jardim. Dava passos longos e ágeis. Precisava ser mais rápida que as vozes se aproximando.

– Não acharam porque são dois lerdos!

A voz de Marina alcançou os ouvidos de Clara, fazendo seu estômago gelar. Por mais que as pernas se ouriçassem em correr, manteve o ritmo dos passos. Atravessou a abertura na bolha, desceu a rampa e, logo que chegou ao lado do canteiro, pulou em meio às flores, escondendo-se.

As vozes continuaram se aproximando.

– Não se preocupe, Marina. – Era a voz de Tobias. – O sol já vai se pôr. A Simples Mortal nunca conseguirá sair daqui.

– Marmota! Depois ainda questionam por que escondemos nossas habilidades. – A rainha do gelo elevou a voz.

– O nome dela é Clara – Bruno interveio.

– Clara, Simples Mortal marmota, vai ter o mesmo destino dos outros *marmotas* que já nos descobriram. Melhor assim, meu bem?

– Tirar a palavra marmota seria mais simpático – Bruno retrucou.

– Você é mesmo muito otimista, não é Bruno? Esperava simpatia da Marina? – A voz de Tobias estava próxima. Eles deviam estar chegando à abertura do Arquivo Cósmico.

O primeiro par de pernas a aparecer usava jeans, justo e escuro, e tênis de cano curto vermelho. Passos precisos e cadenciados desciam a rampa em direção ao gramado. Só poderia ser Marina. E Clara estava certa.

– Sou simpática apenas com quem eu quero, Tobias. Não me irrite você também.

Seguindo a rainha do gelo, outros dois pares de tênis – um verde e de cano alto e outro azul, de cano baixo e sola grossa – atravessaram a porta, descendo a rampa.

"Bruno e Tobias", Clara pensou.

Ela engatinhou em meio às flores até a beirada do canteiro.

O tênis vermelho batia forte contra o chão.

– A Simples Mortal não sai daqui antes do Desafio. Ou meu nome não é Marina!

O tênis verde pisou no vermelho parando o nervoso movimento.

– Não adianta esbravejar, Marina! Ainda não entendi por que você não conseguiu vencê-la.

– Quem disse que eu não consegui, hein, Tobias? Fui eu quem deixou a briga para depois. Vou acabar com a marmota no Desafio.

O tênis verde continuava sobre o vermelho impedindo qualquer deslocamento. O tênis azul, que só poderia ser o de Bruno, mantinha-se a alguns passos de distância dos outros dois.

– Ficou boazinha de repente, Marina? Não quis vencê-la por quê? – Tobias insistiu.

– Quero a Simples Mortal no Desafio, já disse.

O tênis vermelho saiu, margeando o canteiro e logo Clara não conseguiu mais vê-lo.

– Bruno, vem aqui! – a voz de Marina se distanciava. – E vem logo!

O tênis azul saiu em direção ao chamado e o tênis verde ficou parado no fim da rampa como se guardasse a entrada do Arquivo Cósmico.

Clara foi se enfiando entre os longos caules dos girassóis até voltar a visualizar Bruno e Marina. Estavam distantes. O que será que ela queria falar com ele que Tobias não poderia escutar? Ainda que não os ouvisse, manteve-se atenta. Os poucos movimentos da loira eram curtos e rígidos. Já Bruno lançava as mãos ao alto como se esbravejasse. Começou a voltar para perto de Tobias, ainda parado feito um guarda ao lado da rampa de acesso, e Marina o seguiu de perto.

– Está de brincadeira? Quer ser mandada embora? Ter a memória apagada? Voltar a ser uma Simples Mortal? – Bruno tinha a voz tensa. – Pois eu não quero. Se quiser limões, procure um limoeiro! Não vou perseguir ninguém. Para isso você já tem o Tobias.

– Bruno!

Ele passou por Tobias e começava a subir a rampa, mas ao chamado virou-se para trás. Seu tom era de contestação.

– Já disse que não vou ajudá-la. Pode parar de me seguir. Você sabe muito bem que sou o pior cúmplice que você poderia ter.

– Desenvolva-se, garoto! – O tom de Marina não deixava dúvidas de que ela não gostava de ser contrariada. O tênis azul prosseguiu pela rampa. O tênis vermelho saiu e o verde foi logo correndo atrás.

Clara assistiu aos dois se distanciando.

– Psiu!

O som fez seu coração saltar. Encontrou Bruno agachado de frente para ela, sorrindo.

– Boa sorte na volta. E vai logo. O sol já vai se pôr! – Ele deu uma piscadinha e saiu correndo para o gramado, deixando em Clara a certeza de que poderia confiar nele.

CAPÍTULO 24

O sol não encontrava muito espaço entre as pétalas, entretanto, raios solares um pouquinho mais insistentes passavam riscando o ar ao redor de Clara como feixes de luz. Sumindo e reaparecendo, denunciavam o fluxo de alunos transitando ao redor do canteiro rumo à entrada do Arquivo Cósmico. Clara não conseguia uma brecha para sair do esconderijo e já se imaginava criando raízes feito as plantas quando os sons que vinham da rampa começaram a diminuir e, logo, não havia bate-papo, risadas ou o barulho de passos se aproximando.

"Perfeito! Hora de pegar o anel e voltar para casa."

Distanciando-se dos girassóis, Clara foi saindo devagar do canteiro.

Bem à frente, o sol afundando cada vez mais atrás das quedas-d'água avisava que o tempo estava se esgotando. Subiu a rampa devagar e atravessou a abertura do prédio, entrando direto em um dos longos corredores de estantes. Logo avistou o *hall* e as mesas de estudos. O ir e vir de estudantes voltou a crescer, mas agora era tarde demais para retornar. O melhor seria seguir em frente. Quando, por fim, aproximou-se da mesa onde antes estavam, notou que, por sorte, ninguém a ocupava. Respirou aliviada. Colocou a mão no encosto da cadeira e deu uma olhadinha ao redor.

"Todos cuidando das próprias vidas e ninguém me vigiando; isso, sim, é novidade."

Um som ecoou alto, atraindo a atenção de todos. Dava a impressão de ser o toque de um sino.

– O chamado ao Desafio! – alguém disse em uma mesa ao lado.

Os alunos, todos vestidos com macacões das mais diferentes cores, se apressaram em fechar cadernos, pegar livros e arrumar as mochilas. A movimentação foi rápida. Alguns saíram para o jardim, outros sumiram entre as estantes. Logo sobraram poucas pessoas por perto.

"Parece que, finalmente, o universo conspira a meu favor."

De repente, um grande volume bateu forte contra seu ombro, empurrando-a para trás. O corpo já fazia um meio giro quando alguém a segurou, parando o movimento. Era Felipe.

– Desculpe, desculpe, desculpe mesmo!

Atordoada pelo solavanco, Clara gaguejou em um misto de ansiedade e surpresa:

– Felipe!

– Oi, tudo bem? Desculpe, mas estou com pressa. A gente se vê lá fora.

– Lá fora? Como lá fora?

– O Chamado! Vai perder? Vem!

Felipe catou a mão de Clara e saiu, puxando-a feito um maluco desembestado.

Clara protestou:

– Ei! Ei! Espera!

– Não temos tempo.

– Espera, preciso do anel.

Ele parou.

– Exatamente! O anel que você precisa, que eu preciso, que todo mundo precisa está próximo.

"Bom", Clara pensou, "pela empolgação dele, minha fuga está bem mais perto do que eu imaginava."

Clara não disse mais nada. Pegaram o corredor de saída do Arquivo Cósmico e os poucos alunos, ainda transitando entre as estantes, também tomaram o mesmo rumo. Quando deu por si, passavam entre as pessoas tão rápido que tropeçou e o tênis quase saiu do pé. Clara reclamou, mas nem assim o garoto diminuiu a velocidade. Atravessaram a abertura que levava ao jardim e logo os alunos que os acompanhavam começaram a se dispersar.

– Preciso arrumar meu tênis – Clara disse, puxando Felipe pela mão.

Ele parou.

– Fique aqui – ele disse e saiu correndo.

Felipe contornou a enorme bolha de vidro verde translúcida e sumiu para o outro lado do Arquivo Cósmico.

Clara amarrava o tênis enquanto, de canto de olho, fitava a gigantesca bola de vidro enterrada em meio ao jardim de girassóis. Com a porta fechada, como estava agora, a meia esfera refletia os raios solares, assemelhando-se a um sol esmeralda.

De novo, o barulho de um sino tocando bem alto causou um reboliço entre os jovens. O rumor das vozes se elevou, os alunos se apressaram em correr para o lado detrás do prédio do Arquivo Cósmico – o mesmo lugar para onde Felipe havia se encaminhado.

Clara seguiu o fluxo de alunos, sempre procurando pelo abusado, mas eram tantos garotos morenos e de cabelo espetado que encontrar Felipe começou a lhe parecer algo impossível. Enquanto contornavam o prédio, o sol foi se escondendo atrás do Arquivo Cósmico. Quando uma massa de jovens estava atrás do prédio, outro grupo, vindo do outro lado da bolha, se juntou a eles. Então, todos caminharam rumo a um palco vazio montado bem no fundo, próximo a um alto muro de pedras. De frente para a plataforma e dando as costas para o Arquivo Cósmico e também para o sol, os alunos foram ligeiros em organizar-se em filas, separados pelas cores de seus uniformes.

Se até agora Clara se misturara aos outros jovens não aparentando qualquer diferença, a partir desse momento se deu conta do quanto estava destoando. Todos usavam uniformes e ela, com jeans e camiseta, logo levantaria suspeitas. Mais uma vez, o som reverberou e Clara localizou de onde vinha: sobre um dos cantos do palco, à frente das filas de alunos, Emet tocava um grande sino, aparentemente de vidro translúcido como os painéis.

Um pouco atrás dele, Vanessa, a mulher de longos cabelos negros e pele branca com quem Clara falara dentro do Arquivo Cósmico, observava os estudantes. Movendo-se na mesma cadência lenta e majestosa, a mulher encaminhava-se até a frente do palco. A cada passo, o vestido longo e branco, que agora se escondia sob um manto verde esmeralda, varria o chão fugindo da túnica de tecido pesado. Vanessa ergueu o braço e deu um toque no ar à sua frente na altura da boca.

Como uma pedra que cai no lago, o ar ao redor se moveu imitando a água – gerando, assim, uma série de círculos concêntricos que logo se espaçaram, sobrando apenas um. Esse se configurou em uma bolha, do tamanho de uma maçã, e ficou flutuando no mesmo lugar.

— Boa tarde, Ativos! — Vanessa disse com a voz amplificada. Por certo a bolha pairando no ar funcionava como um alto falante.

— Boa tarde! — um coro de vozes respondeu.

Clara entrou rápido em meio a uma das filas. Voltou os olhos para o palco e, acima de muitas cabeças, encontrou Emet ao lado de Vanessa. Ele olhou em direção a Clara e deu um sorriso, parecendo reconhecê-la. Clara pendeu o corpo para o lado, evitando o olhar do rapaz. Acabou, porém, colocando-se em uma situação pior: agora estava bem na direção que Vanessa olhava. Emet se aproximou da mulher de vestido branco e manto esmeralda e disse algo próximo ao ouvido dela. Na mesma hora, Vanessa também olhou para o lado onde estava Clara.

"Droga, me descobriram. Maldita hora em que confiei em Felipe. Se tivesse seguido com o plano de pegar o anel e ir embora, a essa altura já estaria em casa."

Agora Clara precisava de uma brecha para fugir, mas todos continuavam tão milimetricamente enfileirados que qualquer pequeno gesto já causaria estranhamento.

A bolha flutuando à frente de Vanessa deslizou no ar e foi até Emet.

— Boa tarde, Ativos! Sejam muito bem-vindos ao Desafio anual. É de conhecimento de todos que alguns de vocês não serão hábeis o suficiente para vencer o Labirinto de Cristal. Os caminhos do labirinto são pessoais e, por mais que os preparemos, nenhum de nós — humanos ou não — seria capaz de prever o que acontecerá lá dentro. Ativos do primeiro ano: concentrem-se em seu treinamento e em suas habilidades. Não desistam. O primeiro Desafio é sempre acompanhado pelo Anjo da Morte...

Rumores tomaram o lugar e, embora não desse para entender direito o que falavam, era bem visível que a maioria demonstrava preocupação.

A bolha translúcida deslizou no ar até Vanessa.

— Vocês passaram o último ano desenvolvendo suas habilidades e aprenderam como usá-las sem ferir outros Ativos. Essa deverá ser sua principal preocupação. Salvar uma vida está acima de qualquer lei ou regra. Este ano o Desafio será diferente. Vocês lutarão uns contra os outros e só terão seus próprios poderes como arma.

Outro burburinho levantou uma tensão no ar.

CAPÍTULO 24

— E quem ainda não desenvolveu poderes? Vai lutar sozinho? — Em meio à multidão, uma voz feminina se elevou.

— Não se preocupem. É certo que todos desenvolverão algum poder — Vanessa respondeu.

— Quando? Ano que vem? Não sei, esqueci! — um garoto gritou não muito distante de Clara.

— Vocês foram treinados. O Labirinto de Cristal é a chance de os poderes se pronunciarem.

— Chance? No meio da luta? — uma garota na fila, ao lado de Clara, sussurrou. — Como posso competir se meus poderes surgirão na hora?

Ela parecia assustada.

— Quieta! — a garota bem à frente de Clara resmungou. — Se continuar reclamando, vai acabar nem competindo. Se não quer participar, pede logo para esquecer e pronto.

— Eu só queria a chance de treinar antes, como você!

— *Shiii!* — a outra insistiu.

— Você fala assim porque já desenvolveu seus poderes. Eu não vou passar do primeiro ano na Sociedade da Luz — a primeira garota resmungou.

Vanessa continuou seu discurso.

— Estou certa que grande parte dessa preocupação se deve à eterna transfiguração do Labirinto de Cristal, entretanto, o mais importante é criarem o *seu* caminho dentro dele. Nunca sabemos o que pode ou não acontecer lá dentro, mas uma coisa é certa: o teste é proporcional à habilidade de cada Ativo.

A bolha se posicionou entre Vanessa e Emet. Foi ele quem continuou.

— Serão quatro Ativos por Desafio. Cada um começará em um dos quatro cantos do Labirinto de Cristal. Os dois primeiros a chegar ao centro do labirinto, lutam. O terceiro a chegar fará um novo teste e o último... quem? — Emet deu uma pausa e permaneceu com uma face digna de travessura. — Não nos lembraremos dele e nem ele de nós.

Risadas pipocaram entre os alunos.

Vanessa ergueu o braço como se fosse fazer um brinde e, em seguida, todos repetiram o mesmo gesto.

— Aqui começa o treinamento de vocês na Sociedade da Luz — ela disse. — Boa tarde e boa sorte no Desafio. Um brinde à vida!

— À vida! — um coro de vozes respondeu.

A bolha de vidro que amplificava a voz de Emet e Vanessa estourou, deixando um som seco ecoar no ar.

Logo os Ativos começaram a se misturar. Clara não teve dúvidas: era hora de voltar ao Arquivo Cósmico e pegar o anel, presente de Bruno. Deu alguns passos em direção ao Arquivo Cósmico, porém hesitou. Deu uma última olhada procurando Felipe, mas o que encontrou a assustou.

Aparentemente muito certos quanto à sua direção, Vanessa e Emet se aproximavam de Clara.

"Fui descoberta?"

Nem esperaria para descobrir.

CAPÍTULO 25

Já fazia algum tempo que Clara não via Emet ou Vanessa. Se estavam mesmo atrás dela, nunca saberia. E nem queria saber. Só se importava com chegar logo ao anel escondido embaixo da cadeira de Bruno. À frente, a gigantesca bolha de vidro esverdeado compunha um belo cenário ao lado do sol quase sumindo além das cataratas. Acelerava o passo quando um solavanco no ombro a empurrou para frente. Deu passos curtos e rápidos, evitando a queda. Reclamou na hora.

– Ei! Olhe por onde anda!

– Desculpe, desculpe, desculpe mesmo.

Clara nem acreditou.

– Felipe?

– Eu?

Ele parecia confuso.

– Não, o outro Felipe ali atrás.

Ele olhou para trás procurando o *outro* Felipe.

Clara deu um leve empurrão no ombro dele.

– Está bobo?

– Afinal, você está falando comigo ou não? – Felipe cruzou os braços.

Que cara era aquela? Que este era Felipe, não tinha dúvidas, mas por que a olhava com cara de estranhamento?

– Felipe... – Clara deu uma pausa. – É você mesmo ou seu Duplo?

– Está querendo me complicar com a Vanessa?

— Afinal é você ou não? — ela insistiu.

— Você acha que me conhece ou é maluca mesmo?

— Nem acredito! Finalmente te encontrei.

Clara pulou, agarrando-se ao pescoço de Felipe e o abraçou. Surpreendeu-se com a própria atitude e ficou muito sem graça. Percebeu seu rosto começar a esquentar. Só faltava ficar vermelha. Deixou a gravidade puxar o corpo e foi se soltando do abraço. Tentando disfarçar, desembestou a falar:

— Onde você estava esse tempo todo? Bom, não importa. Você nem imagina tudo o que me aconteceu desde que aquelas duas maluquinhas, a Emocional e a Instintiva, me jogaram em cima das mesas de estudo. O melhor é que consegui um anel e até atravessei o portal, mas não voltei para a sala dos painéis ou para o colégio como eu imaginava. Caí aqui fora, acredita? Por causa do anel, a Marina está me perseguindo até agora e, pelo que o Bruno me contou, o anel que eu peguei dela não funcionou porque não era meu. Estou começando a achar que ela me deixou fugir porque sabia que eu não voltaria para casa — ela deu uma pausa. — O que foi? Por que está me olhando com essa cara?

— Quem é Marina?

— Uma loira magrela e gigantesca. Garota insuportável. O que foi, Felipe? Parece que nunca me viu!

— Eu nunca te vi.

— Para! Já basta esse monte de gente com poderes que fazem sabe-se lá o quê!

Felipe arregalou os olhos.

— Como é? Você não tem poderes? Mas não tem porque eles ainda não se manifestaram ou não tem nada, nadinha mesmo?

Clara parou por um segundo. A cara esquisita de Felipe começava a fazer sentido.

— Como assim, *eu* não tenho poderes? E você... tem?

— Todos têm. Quem é você?

— Como quem sou eu, Felipe? Está tonto ou o quê?

Clara se afastou um pouco, averiguando o jeito intrigado e até um pouco assustado com que ele a olhava. Felipe baixou o queixo e, dando um passo atrás, a olhou de cima a baixo.

— De onde eu te conheço?

CAPÍTULO 25

– Como é que é? Felipe! – Ela deu um empurrão no ombro dele. – Tem gente olhando, vamos sair daqui.

– Você fala como se eu fosse seu amigo, mas eu nunca te vi na vida. Juro!

Ele não parecia estar brincando. Não se comportava como antes de Clara segui-lo, arrogante e folgado, ou quando a estava ajudando a procurar o mapa dentro do Arquivo Cósmico.

– O que aconteceu com você? – Clara balbuciou.

– Nada. – Ele continuava olhando-a de cima a baixo. – Mas você até que é bonitinha. – Felipe envolveu o braço ao redor da cintura de Clara e a puxou para junto dele.

Ela empurrou o garoto na hora.

– Seu folgado!

– E ainda é bravinha...

Ele aproximou a mão do rosto dela.

– Deixa de ser irritante, garoto!

Clara deu um tapa na mão dele e saiu correndo. Felipe não a reconhecia? Que palhaçada era aquela? Ela o conhecia, ele a conhecia. Não estava doida. Era setembro e, desde fevereiro, estudavam juntos. Ainda que estivesse mesmo maluquinha da cabeça, não estava surtada a ponto de imaginá-lo frequentando seu colégio há mais de um semestre.

"Emocional, sua burra, se cair para fora do meu corpo de novo vou lhe dar uns belos tapas. Só você não percebe o quanto Felipe é insuportável. Chega dessa paixonite", ela discutia em pensamento como se pudesse convencer a outra a mudar seus atos.

Para a revolta de Clara, lágrimas começaram a brotar, ameaçando fugir dos olhos. Chorar na frente dos outros era uma das poucas coisas que se orgulhava em não fazer "em hipótese alguma". Agora sabia que isso significava que a Emocional se sobressaía, causando-lhe perturbações além da conta. Correu mais, repetindo mentalmente um mantra:

"Chegar ao Arquivo Cósmico... chegar ao Arquivo Cósmico... chegar ao Arquivo Cósmico."

Corria em direção ao prédio quando se deu conta de que a bolha de vidro espelhava o sol com suas cores quentes. A visão era fantástica e nem parecia que, pouco antes, o Arquivo Cósmico era esmeralda. Enquanto o sol sumia, afundando atrás das quedas d'água, a meia esfera copiou o movimento e, "pondo-se" no canteiro, começou a se esconder.

"Se o prédio sumir, como irei embora?"

Não podia acreditar. Clara foi tomada por um calafrio que começou na parte debaixo da coluna e subiu até a nuca. Não parou de correr, nem conseguiria tamanho o espanto. E mesmo com o centro do peito queimando como se fosse explodir em chamas, correu mais. A pele repuxou parecendo que o vento a arrancaria. Antes fosse. Agora sabia que isso era sinal da efervescência do Duplo. Dito e feito. Clara tinha a Emocional e a Instintiva, uma de cada lado, correndo com ela em perfeita sincronia. Enquanto o Arquivo Cósmico espelhava o movimento do sol, o Duplo espelhava o de Clara.

CAPÍTULO 26

Clara atirou-se em um dos canteiros e, como previa, a Instintiva e a Emocional rolaram pelo chão junto dela. Atropelaram galhos, destruíram flores e acabaram deixando uma série de buracos no solo fofo. Enfim, pararam.

— Não é sério que vocês estejam aqui! — Clara disse, se sentando e ajeitando a roupa.

A Instintiva se levantou, tirando metade do corpo para fora das flores.

— Eu quero matar alguém! — ela esbravejou.

Agora, sim, a cara de ódio fazia jus à face vermelha. Clara nem esperou para saber o que a outra faria, agarrou-a pela camiseta e a puxou para baixo.

— Está doida? Só falta nos verem separadas! — Clara disse, justificando o puxão.

— Me larga! — A Instintiva deu um tapa na mão de Clara. — Você é tão estúpida quanto a Emocional; também acreditou naquele insuportável.

— E você não acreditou?

— Óbvio que não! — A Instintiva se mostrava cheia de razão.

Clara cruzou os braços em afronta.

— Agora só falta você dizer também que fui eu quem beijou o antipático.

— Não. Mas bem que você queria — a Instintiva sussurrou, dando um empurrãozinho em Clara.

— Até parece! – Clara virou o rosto para o outro lado. Não queria olhar para aquela abusada.

— Parem de brigar. A culpa é toda minha – a voz rouca da Emocional veio de trás de Clara. Desaguando em lágrimas, só interrompidas por soluços, ela continuou: – Acreditei mesmo naquele... naquele... naquele troglodita. Naqueles olhos verdes. – Ela deu uma pausa. – Verdes como esmeraldas... ah... odeio olhos verdes e odeio esmeraldas – completou sem muita convicção.

— Odeio tudo e qualquer coisa! – a Instintiva complementou.

A Emocional suspirou:

— Odeio o cabelo também. Odeio. Odeio tudo mesmo.

Do nada, a Instintiva deu um tapa na testa da Emocional.

— Se continuar com essa cara de apaixonada vai levar mais um. – A mão espalmada complementava a ameaça. – Desmancha essa cara de tonta!

— Tudo isso é culpa do Felipe – a Emocional defendeu-se.

— Não, é minha culpa – a Instintiva disse. – Se eu tivesse quebrado a cara dele na primeira vez que apareceu no colégio e roubou minha carteira, nada disso estaria acontecendo.

— A maior culpada sou eu. Eu me apaixonei por ele! – a Emocional insistiu.

Desde que Felipe beijara a Instintiva, Clara sabia que a Emocional estava apaixonada, mas nunca diria isso.

— Somos três burras – a Emocional disse com a voz fraca.

— O pior é que a gente é *uma* burra só! – a Instintiva disse desapontada.

Na mesma hora, as três se entreolharam e alguns esboços de sorriso surgiram. Mas logo a Emocional mudou a fisionomia e ficou emburrada.

— Quer saber? – disse, esforçando-se nitidamente para falar com menos rouquidão. – Ele não pode me tratar assim. Vou arrancar sangue daquele rostinho bonito!

A Emocional se levantou. Sua cabeça aparecia acima das flores quando a Instintiva ficou de pé ao lado dela.

— Deixa de ser tonta, Emocional. Ninguém pode nos ver!

E Clara foi atrás.

– Já para baixo! – Mais do que uma bronca, Clara começava a ter vontade é de dar uns safanões naquelas duas. Foi quando teve a sensação de ter mais alguém ao lado delas. Virou o rosto devagar, encontrando uma garota mais ou menos da sua altura.

Os olhos da garota zanzaram entre as três.

Clara olhou para a Instintiva e, então, para a Emocional. As três se abaixaram em plena sincronia.

– Viu só, Instintiva? – Clara disse, observando entre as folhagens. – A garota ainda está aí fora. Que parte do "ninguém pode te ver" você não entendeu?

– Foi culpa da Emocional.

– Minha, não. Foi culpa sua, Instintiva.

– Chega! A terra engoliu o Arquivo Cósmico e vocês ainda me arrumam mais confusão? Não entenderam que não temos como voltar para casa?

– Como vamos sair daqui? – a Emocional disse com os olhos lacrimejantes.

– Pois é. Só agora você entendeu isso? – Clara retrucou.

– E não poderemos mais contar com Felipe. – A Instintiva colocou a mão sobre o ombro da Emocional. – Agora chega de choro, paixonite ou qualquer coisa ligada àquele garoto.

– Garotos... – a Emocional suspirou e, tossindo de leve, completou: – Garotos são maus... muito, muito maus!

– Por isso eu não queria saber deles, entendeu agora, Emocional? – Clara começava a se compadecer da situação da outra.

– Acho que entendi! E agora tem um buraco enorme aqui dentro. – A Emocional apontou para o centro do seu peito.

Clara até pensou em fazer de conta que não tinha ouvido, mas a carinha triste da Emocional era de dar dó. Passou o braço por cima do ombro da outra e, puxando-a para si, a abraçou. "Bem feito", pensou ela. Pelo menos agora a Emocional aprenderia a não se apaixonar. Subitamente, o centro do peito de Clara, no exato lugar onde a Emocional disse haver um buraco, começou a arder. Depois, repuxou como se uma estaca lhe atravessasse o peito e, em seguida, a respiração falhou.

A Emocional chorava muito.

"Que exagero", Clara pensou. Para que chorar tanto? Odeio...

– Odeio chorar em público – a Instintiva interrompeu, dando um tapa na testa da Emocional e completando os pensamentos de Clara. – Pare com isso agora!

"Melhor acalmá-la antes que, mais uma vez, dê curto-circuito e eu comece a chorar também."

– Tudo bem, Emocional, dizem que isso passa e além do mais...

– Sem mais, Clara – a Instintiva disse, interrompendo-a. E puxando a Emocional para perto de si ameaçou: – Engula o choro.

A Emocional suspendeu as lágrimas na hora. Ela tinha a fisionomia assustada, mas olhava a outra com carinho. De alguma forma, as duas se entendiam; mas Clara sentia que a Emocional precisava de mais atenção.

– Isso vai passar, Emocional. E quando...

Clara nem pôde continuar. Levou um tapa na testa.

– Chega de choramingar você também. – A Instintiva mantinha a mão espalmada em ameaça. – Quer levar outro? Chega de falar naquele insuportável. Com ou sem Felipe, sairemos daqui. – O tom de voz da Instintiva era contundente e decisivo. – Clara! O que vamos fazer?

– Primeiro, devemos voltar para o mesmo corpo. Antes disso, não poderemos sair nem mesmo desse canteiro. Alguém tem alguma ideia de como faremos isso?

Por alguns segundos, as três se entreolharam. Perderam os olhares entre as folhagens e, então, voltaram a se encarar. Por certo, separadas, não raciocinavam bem.

A Emocional arregalou os olhos e, em seguida, deu um empurrão no ombro da Instintiva.

– É só a Instintiva fazer o mesmo que Felipe fez – ela disse.

– Nos enganar? – Clara protestou.

– Não. É só a Instintiva apertar seu pescoço. Não foi isso o que o Felipe fez da primeira vez que nos unimos? – a Emocional retrucou.

– Até que não é má ideia. – A Instintiva pareceu se animar.

Clara não poderia negar que era uma forma eficiente de se juntarem, entretanto, não quis pronunciar a autorização; só fez que sim com a cabeça. Em um piscar de olhos, a Instintiva partiu para cima dela, sufocando-a.

Porém, por mais estranho que parecesse, Clara conseguia respirar confortavelmente. Para dizer a verdade, até sentia os dedos da Instintiva apertando-lhe o pescoço, mas era como se não pressionasse.

– Aperta mais, Instintiva, eu ainda consigo falar! – Clara ordenou.

A outra obedeceu mesmo sob o olhar preocupado da Emocional.

– Já estou fazendo isso, mas parece que meus dedos estão entrando em uma esponja. Vou fazer mais força, se segura.

– Não está adiantando – Clara resmungou.

A Instintiva se afastou e estendeu a mão para ela.

– Levanta, vai. Não está funcionando.

Clara achou melhor aproveitar a gentileza da Instintiva, isso poderia não acontecer de novo. Segurou na mão dela e deixou-se ser puxada até se sentar.

– Por que não funcionou, Clara? – A Emocional, de olhos arregalados, esperava uma resposta.

– Como posso saber?

– E agora? Tem alguma ideia, Instintiva?

Do nada, alguma coisa escondeu a leve luminosidade que vencia os arbustos e as folhagens.

– Quem apagou a luz? – A voz da Emocional, sempre rouca e falha, dessa vez saiu forte e assustada.

Clara notou uma presença acima de sua cabeça.

– Qualquer acontecimento que altere seus batimentos cardíacos pode separá-las. – A voz masculina era consistente. – Vocês precisam descobrir *o que* acontece dentro da Clara que faz com que vocês se separem. Assim, não perderão tempo tentando se juntar.

O coração de Clara parou.

CAPÍTULO 27

Clara se repartiu em três, ficou amiga de Felipe, depois inimiga, teve contato com um anel que lhe deu força física para lutar contra Marina e até presenciou a gigantesca bolha de vidro do Arquivo Cósmico afundando no solo. Eram coisas demais para uma tarde. Sem falar em Bruno, Tobias, Vanessa, Emet. Tudo isso e mais um pouco. Sua cabeça estava prestes a explodir e agora ainda teria que lidar com aquela voz masculina.

– Dona moça... por acaso está pensando em seguir uma carreira de anão de jardim?

– Bruno? – Clara subiu o olhar. – Que susto! Não tinha reconhecido sua voz.

– Deu certo. – Ele comemorou com um leve soco no ar. – Um bom susto sempre funciona. Agora é esperar.

Clara não entendeu nada, mas não perderia tempo com as esquisitices do garoto.

– Emocional, Instintiva, podem se acalmar. É só o Bruno... – Quando Clara baixou o olhar para onde o Duplo estava, paralisou. – Onde elas estão?

– Sumiram. Você só precisava de um pouco de perigo! Nem precisa me agradecer – Bruno replicou ainda fora do canteiro. – Você está morando aí? – Ele caiu na risada, fazendo as bochechas gordinhas levantarem o aro dos óculos.

Clara se levantou e, agarrando a camisa dele, o puxou para baixo.

– Entre aqui e pare de chamar atenção!

Bruno teve um pouco de dificuldade em passar pelos girassóis. Também pudera, o garoto era três vezes maior que Clara, tanto para cima como para os lados. E se ela já se enroscava nas folhagens, imagine ele?

— Que parte do "pega o anel e vai embora sem ninguém te ver" você não entendeu? — ele disse, afastando as flores e sentando-se ao lado dela. — Me fala, dona moça... o que eu faço com você?

— Simples. É só me tirar daqui.

— Acho mais fácil você seguir com o plano de se tornar um anão de jardim. Sem pressa. Ainda precisamos aguardar a hora certa. E você... não vai me agradecer?

— Obrigada por... por ter me dado um susto? Se é que foi isso que fez a Emocional e a Instintiva sumirem — Clara disse meio sem saber direito pelo que deveria agradecer.

— Foi isso mesmo. Mas você precisa aprender a fazer sozinha.

Clara sorriu, achando graça da situação. Pensar nela e no Duplo dentro de um carro, já era engraçado. Imagine, então, fantasiar-se confabulando com a Emocional e com a Instintiva para lhe assustarem?

— O que foi, Clara?

Por um segundo, Clara hesitou, mas não se conteve.

— O Duplo é igual a soluço. Para sumir com ele, só levando um belo susto.

Os dois riram.

— Essa é boa. Nunca tinha ouvido essa comparação. Você é diferente. — Ele sorriu e os olhos se espremeram entre os aros redondos dos óculos. — Mas ser diferente não te dá o direito de morar aqui, anã de jardim.

— Por quê? Simples Mortais não podem morar aqui?

— Ninguém mora aqui.

— Vocês moram entre os Simples Mortais?

— Óbvio. Ou moraríamos onde? É a dimensão em que todos vivemos que permite que cheguemos às outras dimensões. O único jeito de chegar ao Arquivo Cósmico é pela fonte do seu colégio.

— Vocês vêm aqui para estudar?

— Entre outras coisas.

— Como o quê? — Clara não poderia deixar passar essa oportunidade de saber mais.

— Treinar.

— Entendi, moram lá e treinam aqui. Legal!

— Treinamos lá também, na dimensão que você chama de "seu mundo". — Bruno ostentava uma fisionomia risonha.

— E na minha dimensão... — Clara parou de súbito e sorriu. — Na nossa dimensão, vocês treinam onde?

— Em núcleos de aperfeiçoamento, que é como chamamos nossas escolas.

— E onde ficam?

— Em vários lugares do mundo.

— Onde por exemplo?

— Que interrogatório! Tem certeza que quer se meter nisso? Pode ser pior. — Bruno tinha um olhar preocupado.

— Certeza eu não tenho, mas quero muito saber. É o mínimo, não é Bruno? Depois de tudo o que passei aqui, me deixe voltar para casa entendendo um pouco mais sobre o que fazem.

— Abelhuda! Vamos ao que interessa porque daqui a pouco a Marina aparece por aí. Preciso te explicar como tudo vai acontecer.

— Ah... — Clara lamentou. Ainda que quisesse metralhá-lo de perguntas, concordou com a cabeça.

— Primeiro, o Duplo não pode mais transbordar — Bruno disse de modo categórico.

— E como vou conseguir isso? Quando eu percebo, as duas já escapuliram para fora.

— É porque você está querendo resolver a consequência e não a causa.

— Bonita frase, mas não entendi.

Ele soltou um sorriso maroto.

— Elas "caírem para fora" é só uma consequência externa do que está acontecendo com você internamente. Você tem que descobrir o que faz com que elas transbordem: estresse, medo, ansiedade, nervosismo, alegria...

— Alegria? Até coisas boas?

— Sim. Qualquer reação interna aos acontecimentos da sua vida. Você não faz ideia do que aconteceu com a Marina quando ela se apaixonou.

— Isso tudo é muito difícil.

– Você precisa aprender ou terá problemas quando voltar para casa.

– Voltar para casa é tudo o que eu quero. Mas por onde vou sair?

– O único jeito é continuar fingindo que é um dos Ativos. Agora que o Arquivo Cósmico se escondeu, precisamos esperar...

– Ei! Não posso fazer de conta que sou uma Ativa – Clara protestou. – A Vanessa e o Emet me viram e tenho certeza que sabem que sou uma intrusa. Vão me reconhecer na hora.

– Não vão. – Bruno parecia bem certo daquilo.

– Não?

– Da mesma forma que eu vejo a verdade e a mentira, posso fazer com que os outros *vejam* somente o que *eu* quero que vejam. Eu cuido disso. Você só precisa enfrentar o Desafio.

– Está doido? Você quer que eu enfrente um teste cujos alunos que foram treinados para isso estão com medo? Você está me ajudando ou me punindo?

– Eu disse para ir direto para a mesa de estudo, pegar o anel e voltar para casa. E você fez o quê? Nem responda. Se for mentir, é melhor ficar quieta.

– Eu cheguei até a mesa, mas não deu para pegar. O Felipe...

– Você sabe que o Arquivo Cósmico, para se proteger, se esconde à noite? Não sabe! Talvez porque você não seja daqui e o mínimo que deveria fazer é ouvir os conselhos de quem é. Agora escolha: "profissão anão de jardim" ou enfrentar o Desafio?

– Pare de me dar bronca.

– Então pare de reclamar. – Ele a pegou pela mão e se levantou, puxando-a para cima. – Vem ver.

Quando saíram do canteiro de flores, ela não acreditou nos próprios olhos. Parecia um sonho. O céu, salpicado de estrelas, estava ao seu alcance. Ao se aproximar, a mão atravessou o ponto cintilante, que ela pensava ser uma estrela, sem tocar em nada. Eram ou não eram de verdade? Não importava, em toda a vida nunca tinha visto cena mais bonita.

– Agora já chega! – Bruno a puxou para baixo e voltaram a se esconder entre os girassóis. – Preciso te preparar para o Desafio antes que as estrelas também desapareçam.

– Não, Bruno. Deve ter outro jeito. O Arquivo Cósmico não voltará mais?

– Só amanhã de manhã.

– Eu espero ele voltar.

– Mesmo um Ativo bem treinado não pode passar a noite aqui. Dizem que ninguém nunca voltou psicologicamente bem para contar o que acontece nas dimensões quando o sol se põe.

– Por quê? Afinal, o que vocês fazem?

Bruno a olhou nos olhos.

– Apenas a Sociedade da Luz sabe como treinar os Simples Mortais para que desenvolvam suas habilidades e venham a ter poderes.

– E treinam pessoas más como a Marina.

– Não. Ela não é má pessoa, muito pelo contrário. Como todos os integrantes da Sociedade da Luz, ela escolheu o caminho do bem.

– Todos da Sociedade da Luz são bons?

Bruno arregalou os olhos.

– Não entramos na Sociedade da Luz porque somos bons, mas para nos tornarmos melhores. Bem e mal são escolhas; sem eles não existiria o livre-arbítrio. Escolhemos travar uma batalha interna e externa contra o mal. Isso quer dizer que, a todo o momento, lutamos conosco para fazermos o que é melhor para todos. E ainda protegemos os Simples Mortais.

– Como eu.

– Como você.

– Bruno, você acha que um Simples Mortal é inferior a vocês?

Ele baixou os olhos, mas logo retornou.

– Acredito que alguns Simples Mortais são mais fortes e outros mais fracos, assim como os integrantes da Sociedade da Luz. Alguns se desenvolvem mais e outros menos. Meu pai disse que é nossa obrigação proteger também àqueles que não se desenvolveram e continuam sendo Simples Mortais.

– Seu pai também é um Ativo?

– Já foi. Hoje, só eu estou em treinamento.

– Ainda não consegui entender essa "coisa" de dimensões. São ou não são mundos paralelos? Outro mundo? Outro planeta?

– Dona moça, sua imaginação é fértil. Vou tentar explicar. Imagine um círculo. – Bruno se afastou um pouquinho e, com o dedo, fez o desenho do círculo no chão. – Isso, certo?

— Está meio tortinho, mas parece um círculo. — Clara sorriu.

— Agora, imagine que ao redor dele tem outro círculo. — Ele desenhou. — E, depois, mais outro círculo, e mais um, e outro ainda. — Bruno seguiu desenhando até que parou.

— Seu desenho parece a imagem que surgiu à frente de Vanessa quando ela tocou o ar. A exata imagem dos frisos do teto do Arquivo Cósmico.

— Isso mesmo, garotinha! Círculos concêntricos. Cada círculo é uma dimensão. Os Simples Mortais conhecem apenas essa dimensão aqui do meio.

— Então, por que vocês escondem as outras?

— Clara, preciso responder? Imagine um bando de Simples Mortais dentro do Arquivo Cósmico com seus Duplos transbordando.

— Nossa! Nem tinha pensado nisso.

— Pois é. Primeiro a Sociedade da Luz treina os Simples Mortais e, depois, revela as dimensões e toda a tradição.

Curiosa, ela se inclinou na direção dele.

— E como faz para deixar de ser um Simples Mortal?

— O primeiro passo é equilibrar-se com o Duplo. Você precisa se concentrar nisso quando estiver no Labirinto de Cristal.

— Ah... mas é tão difícil!

— Sim. E quem disse que seria fácil? Se fosse fácil todo mundo faria. — Bruno remexeu a terra apagando o desenho.

— Ah... que pena. Estava tão bonitinho um círculo dentro do outro. — Ela deu uma pausa. — Quantos círculos existem?

— Dimensões? Não sei dizer. Sou do primeiro ano, como te disse. Sei que elas são conectadas; por isso você, Simples Mortal, conseguiu encontrar um dos portais. Clara, se me permite, não se meta onde não deve ou vai se machucar. Você só precisa saber o necessário para vencer o Desafio.

— Vencer? Você disse enfrentar. Tenho certeza! Que história é essa de vencer?

— Ah! E você quer ganhar o anel como? Perdendo? Definitivamente, você vem de um *mundo* bem diferente do meu. Será que estou falando grego? Vencer é o único jeito!

— Você só pode estar maluco! Já ouvi vários comentários sobre esse *tal* teste e, no discurso, Vanessa disse que vocês se prepararam para ele. Falou também alguma coisa sobre suas habilidades, seja lá o que for isso.

– Não esquente a cabeça. Quando estiver no labirinto, algum tipo de habilidade surgirá. Você terá tanta chance de vencer quanto qualquer Ativo.

– Como é que é? O que você quer dizer com "algum tipo de habilidade"?

– Habilidade. Da mesma forma que posso reconhecer quando alguém diz ou não a verdade, outros podem apagar mentes, manipular elementos da natureza ou vencer a gravidade. Isso é uma habilidade.

Em um ímpeto, ela se afastou.

– Para de maluquice!

– Não precisa ter medo. Todos aqui são exatamente como você. Eu sou como você.

– Como eu? Não leio a mente das pessoas – Clara retrucou.

– Eu não leio mentes, só sei quando alguém está mentindo. Por isso tenho sono.

– Eu não sou assim.

– Acalme-se e me deixe explicar. Todos os seres humanos têm habilidades e podem desenvolvê-las ou não. Isso depende de cada pessoa e, no caso dos integrantes da Sociedade da Luz, o treinamento aprimora nossas habilidades. Treinamos para evoluir e manifestar nossos poderes. Não somos nem um pouco diferentes dos Simples Mortais, apenas buscamos esse desenvolvimento. Até um ano atrás, eu também não tinha poder algum e, como qualquer Simples Mortal, não fazia a mínima ideia de que a Sociedade da Luz existia. Grande parte dos integrantes da Sociedade da Luz já foram Simples Mortais. Eu, por exemplo. Reza a lenda que a Mestra Vanessa era uma Simples Mortal e resistiu muito a entrar para a Sociedade da Luz.

– Quem são os Mestres?

– Os professores.

– Qualquer Simples Mortal pode se tornar um Ativo?

– Sim. Desde que seja chamado.

– E como é a escolha?

– Concorrida, mas não sei explicar muito bem, ainda não estudamos isso. Agora me escute, dona moça, você tem que vencer o Desafio. Mas, antes de qualquer coisa, se misture entre os Ativos. – Bruno espalmou as mãos e, logo depois, um volume de tecido verde esmeralda apareceu nas mãos dele. – Vista isso – disse, colocando o monte de tecido no colo dela.

— Espere aí! Como assim vista isso? Termine de explicar sobre o Desafio.

— O Desafio é um teste que fazemos todo ano; mas, para os novatos como nós, é muito pior. É quando enfrentamos o monstro.

— Ei, ei, ei! Parou! Não brinca assim que você me assusta.

— Não estou brincando. O primeiro Desafio é o mais perigoso. Quando você entrar no Labirinto de Cristal, a dimensão a reconhecerá como inexperiente. Não haverá outro jeito de sair, a não ser enfrentando o Anjo da Morte.

— O monstro é o Anjo da Morte? Quando a Vanessa falou sobre ele, todos ficaram preocupados. Por que você quer que eu faça isso?

— Definitivamente estou falando grego. Eu não quero. É o único jeito. Deixe de procurar subterfúgios e faça o que deve ser feito. Ninguém pode competir no seu lugar. É a vida.

— Por que você esta falando comigo desse jeito brusco?

— Desculpe, Clara. Estou tentando te ajudar, mas não posso enfrentar o Anjo da Morte por você. Afinal de contas, eu também vou enfrentá-lo daqui a pouco, nesse mesmo Desafio.

— Você está com medo.

— Sim! O Labirinto de Cristal se molda de acordo com as habilidades e fraquezas do grupo que ingressa no Desafio. Marina e Tobias são muito fortes, competirei com eles e não sei o que pode acontecer. Você tem que parar de ser criança, entendeu? O que você tem que fazer, ninguém pode fazer por você.

— Não foi isso... — Clara gaguejou.

— Foi, sim. E essa é a mais pura verdade. Você quer que alguém enfrente os obstáculos por você. Não me importa como e nem por que você chegou aqui; mas pare de mentir para si mesma ou, daqui a pouco, o Duplo estará bem ao nosso lado. É o que quer?

— Quero ir embora, só isso. É pedir demais?

— Com as escolhas que você fez até aqui? É, sim!

— Como vou enfrentar o Anjo da Morte?

— Regra primordial: o Duplo deve estar sempre equilibrado.

— E como fazer isso?

— Parando de mentir para si mesma, lembra? — Bruno sorriu, deixando para trás a cara irritada de antes. Com aquelas bochechas coradas e cabelos enroladinhos, Clara não tinha como não confiar nele. E mais, os olhos emoldurados pelos óculos pareciam extremamente verdadeiros.

— Nem eu mesma sei quando estou mentindo para mim.

— Parabéns! Não sobreviverá ao Labirinto de Cristal.

— Credo, Bruno. Você voltou a ficar irritante.

— O que quer? Que eu te pegue no colo e leve até o centro do labirinto; ganhando, assim, um anel para você? Quando eu pude, te dei o anel. Agora, garotinha, é hora de passar a ser gente grande: reconheça a si mesma, equilibre-se com o Duplo e cresça!

— Eu, hein! Não precisa ser tão duro.

— Troque de roupa. O Desafio começará logo.

O macacão verde nas mãos de Clara pareceu bem assustador. Se enfrentaria um monstro, esse uniforme não deveria ter algum tipo de proteção?

Bruno puxou de leve o queixo de Clara até que ela o fitou.

— Agora, vista-se e se misture com os Ativos. Eu farei o mesmo. Ah... tente se manter próxima aos de uniforme azul. Será menos perigoso.

— Por quê?

— Por hora, pare de fazer perguntas cujas respostas não te agradarão.

— Você está chato, Bruno.

— Você não está levando a sério... isso é importante. Regra primordial?

— O Duplo deve estar sempre equilibrado.

— Segunda regra — ele anunciou —, quando estiver entre os alunos, fique o mais longe possível da Marina.

— Essa, sim, deveria ser a regra primordial. Vou te dizer uma coisa: que garota ruim! Odeio a rainha do gelo.

— Rainha do gelo? O apelido combina bem com ela. — Bruno deu uma pausa e, olhando com firmeza para Clara, continuou: — Vamos terminar de falar do Desafio?

— Sim, por favor! — Clara prestou atenção.

— Vanessa está marcando os grupos para o teste e não queremos que você enfrente Marina ou Tobias, certo? Afaste-se deles e, quando Vanessa se aproximar, misture-se com os Ativos vestidos de azul para que ela coloque você no grupo de um deles. O Labirinto de Cristal, por si só, já é perigo mais do que suficiente. Você não precisa também enfrentar os Ativos mais poderosos.

– Está querendo me assustar?

Ele só arqueou as sobrancelhas e Clara não teve dúvidas: Bruno queria mesmo assustá-la. E conseguiu. Sem outra possibilidade de escolha, ela entendeu que era hora de vestir o macacão e enfrentar o tal Desafio.

CAPÍTULO 28

Assim que Bruno a deixou, vestiu o uniforme verde-esmeralda e ficou atenta a cada movimento dos alunos. Quando o burburinho diminuiu, ela julgou seguro sair do jardim e misturar-se entre os Ativos. Respirou fundo, enchendo-se de coragem e saiu do meio das flores. Tudo estava iluminado e a atmosfera remetia a um sonho. Se o Arquivo Cósmico, por si só, já era algo monumental, ver os jardins com sua diversidade de flores cintilantes – tal qual as estrelas pontuando o céu – era fantástico.

O número de alunos já tinha reduzido bastante e ela começou a se sentir à vontade para andar entre eles. Precisava encontrar os alunos vestidos de azul; era isso o que Bruno havia indicado, mas onde estariam? Ao redor só desfilavam uniformes vermelhos, amarelos, alaranjados e verdes, assim como o dela.

"Melhor manter distância dos ativos com outras cores de uniforme. Se me perguntarem qualquer coisa, não saberei responder. Concentre-se, sua cabecinha de abóbora, e encontre alguém usando um macacão azul!", Clara se repreendeu e, mais uma vez, quis apontar o dedo indicador para si mesma, enfatizando a bronca.

Neste instante, pisou no pé de alguém.

– Desculpe – disse, voltando-se para a pessoa. Mas quando fixou o olhar no rosto da moça, cuspiu as palavras bem ao estilo da Instintiva. – Porcaria!

– Não foi nada, meu bem – Marina, de uniforme vermelho, colocou uma das mãos na cintura e manteve a outra longilínea ao lado do corpo. – Que coincidência te encontrar aqui.

Clara quis bater com a cabeça na parede. Segunda regra: manter distância da rainha do gelo. Sim, essa deveria ser a regra primordial de Bruno.

– O que você quer, Marina?

– Me certificar de que você não vai fugir.

– Fugir para onde? – Clara encarou a garota loira. – Ou você me esquece ou me dá alguma sugestão de como sair desse inferno.

– Pelos trajes, vejo que está pronta para o Desafio. Uma coisa eu não posso negar: tendo uma pele como a sua, é preciso coragem para usar verde. – Ela sorriu, dando dois tapinhas no ombro de Clara.

– Tire a mão de mim.

– Nossa, está arisca. É só uma sujeirinha, já vai sair. – Marina deu mais duas batidinhas no mesmo lugar. – Ah, que pena, me confundi. Você é uma Simples Mortal, a sujeira não vai sair nunca.

Clara deu um empurrão em Marina, distanciando-a. Foi uma resposta da Instintiva, sabia, e deixou que ela se manifestasse. Por que não? Enfrentaria um monstro chamado Anjo da Morte; então, por que temer a rainha do gelo?

– Quer brigar, Marina, é isso? Estou farta de você me perseguindo.

– Você ainda não sabe o que é perseguir, sua marmota. – Marina se aproximou. – O que eu fiz até agora foi te importunar. – Ela chegou mais perto. – Per-se-guir é o que eu vou começar a fazer agora, meu bem.

A loira ficava cada vez mais insuportável. Falava moldando as sílabas, andava como se fosse a dona do lugar e olhava de cima – certamente, achando-se muito superior por fazer parte dessa *tal* "Sociedade da Luz". Então, Clara entendeu. A Instintiva não gostava nem um pouco de ser inferiorizada. Talvez, por isso, fosse tão pavio curto; qualquer coisa lhe parecia um ataque. A Emocional também não gostava de Marina, não tinha dúvidas, decerto diria: "essa grandona merece umas boas palmadas no bumbum". Sem dúvida, a Instintiva retrucaria: "palmadas no bumbum? Vamos logo é chutar o traseiro da loira. Nunca mais ela vai ousar falar comigo assim". Clara sorriu. Não só entendia o que as duas queriam como também percebia um equilíbrio entre elas, uma vontade que ressoava em uníssono. Se a Instintiva queria um confronto, Clara e a Emocional concordavam. Gostou da ideia de ter o apoio do Duplo em suas decisões. Se as três tinham a mesma vontade, não seria hora de agir? Um frio lhe subiu pela coluna, fazendo-a acreditar que era uma resposta positiva.

— Você vai me perseguir, Marina? Então, comece agora. Como vai ser? Você conta até dez e eu me escondo? Ou não? Prefere sair correndo atrás de mim? Mira, mas me erra!

Marina não tinha cara de muitos amigos. Deu um impulso para frente, indo em direção à Clara, quando alguém atravessou seu caminho, impedindo-a de se aproximar.

— Tudo bem, garotas?

A voz de Vanessa pareceu dar um choque elétrico nas duas que, de súbito, se afastaram, mas sem deixar de se encarar. Clara tentava não aparentar medo, surpresa ou qualquer coisa que pudesse vir a identificá-la como uma impostora. Confiava na habilidade de Bruno em protegê-la, mas não conseguia parar de pensar que Vanessa desconfiava dela, e Marina parecia prestes a desmascará-la.

— Tudo bem, garotas? — Vanessa repetiu.

— Sim, Vanessa — Marina disse sem olhar para a mulher. Seu rosto aparentava mais medo do que respeito.

Vanessa se aproximou de Clara.

— Se não me engano e eu não costumo me enganar... — A mulher chegou mais perto de Clara e a contemplava com feição curiosa. — Eu já te vi antes.

— Sim, senhora. — Clara olhou diretamente para a mulher.

— Ainda perdida?

— Não, senhora. Agora sei, exatamente, onde quero ir e como chegar; só não gosto da ideia dos perigos que terei de enfrentar no caminho. — As palavras escapuliram da boca de Clara.

— Vocês são do mesmo núcleo de estudos? — Vanessa disse, apontando Marina e Clara.

— Não! — Clara disse ao mesmo tempo em que ouviu Marina dizer "sim".

— Sim ou não? — Vanessa insistiu.

— Sim. Estamos no mesmo grupo, não é Clara? — Marina se mostrava bem certa quanto à resposta e, firmando o olhar em Clara, dava a impressão de "exigir" que ela concordasse.

Se Bruno, que ainda era um aluno, podia saber quando Clara mentia, imagine o que uma Mestra da Sociedade da Luz poderia fazer? Clara baixou os olhos e não disse nada.

Alguém usando um par de tênis verde e de cano alto parou entre Clara e Marina. Sem dúvida, era Tobias. Se a rainha do gelo não a entregara, ele o faria certamente. Outro par de tênis, azul e de cano baixo, parou entre Clara e Tobias.

"Bruno. Agora estou a salvo."

Clara subiu o olhar, Vanessa aparentava estar muito intrigada com o grupo.

– Os rapazes também são do mesmo núcleo?

– Sim! – Marina adiantou-se. – E estamos prontos para o Desafio, não é rapazes? – Marina deu uma leve cotovelada em Tobias como se indicasse a necessidade de uma resposta.

– Claro. – Ele passou o braço ao redor do ombro de Bruno. – Certo, garotão?

Bruno fez que sim com a cabeça e Marina sorriu vitoriosa.

– Desculpe – ele sussurrou bem perto do ouvido de Clara. – Não posso mentir ou caio no sono.

Vanessa levantou a mão em um gesto imponente.

– Muito bem, vocês serão os primeiros a enfrentar o Labirinto de Cristal.

– Não! – As palavras escapuliram da boca de Clara.

Bruno a segurou pelo braço e balançou a cabeça, seguramente discordando.

– Tudo bem? – Vanessa olhava Clara com a fisionomia intrigada. – Não, o quê?

Bruno também a olhava de soslaio, mostrando-se preocupado. De novo, balançou a cabeça de leve, discordando. Clara entendeu que era melhor não dizer mais nada.

A mulher juntou as mãos à frente.

– Clara, está pronta para o Desafio?

Não encontrou outra saída, senão, confiar em Bruno. Clara fez que sim com a cabeça, afirmando estar pronta para enfrentar o Labirinto de Cristal.

CAPÍTULO 29

Clara começava a ficar cansada de toda aquela maluquice. Admirando as flores do jardim do Arquivo Cósmico, cintilantes como se tivessem luz própria, teve certeza de que desejava ir embora.

Vanessa tocou o queixo de Clara.

– Preocupada, minha querida? – A mulher falou com gentileza.

Clara não sabia em quem confiar, mas alguma coisa lhe dizia que Vanessa era uma boa pessoa.

– Estou bem, obrigada – respondeu, baixando os olhos. Tinha a sensação de que ela poderia ler seus pensamentos.

– Pois bem... – Vanessa esfregava as mãos uma na outra. – Mostrem os pulsos.

Um ao lado do outro, Bruno, Tobias e Marina estenderam os braços, mantendo os pulsos para cima.

Clara hesitou.

– O esquerdo, Clara – Bruno disse com tom de voz firme.

Ele a encarava. Com os olhos, apontou para o braço dela e, então, para o deles. Aquele olhar firme, indicando o que deveria fazer, não lhe agradava nem um pouco, mas não tinha outra saída. Bruno repetiu o gesto e ela achou melhor não esperar pelo terceiro. Bem devagar, estendeu o braço esquerdo. Então, virou o pulso para cima.

Vanessa bateu o dedo indicador no pulso de Marina, depois no de Tobias e, em seguida, no de Bruno. Quando chegou sua vez, Clara engoliu seco. Mal a mulher encostou o dedo no seu pulso, fez-se um *flash* diante de seus olhos e Clara sentiu uma picada bem no lugar tocado. Puxou o braço, conferindo o local. Nele, agora tinha um vergão. O lugar ficou quente e uma sensação de amortecimento correu pelo corpo.

– Que donzela. Doeu, meu bem? – Marina fez chacota e olhava Tobias que, rindo, apontava Clara, enquanto cochichava com a rainha do gelo.

"Que ódio! Queria estapeá-los e obrigá-los a parar de tirar sarro de mim. Ai... Instintiva, que vontade de soltar toda sua raiva para cima desses dois. Eles merecem uns bons tapas no bumbum." Clara parou por um segundo. Esse pensamento era da Emocional, não tinha dúvidas. "Emocional", Clara ponderou, "por favor, não fique nervosa. Se eu começar a chorar na frente desses dois idiotas, juro que eu mesma jogo você para fora do meu corpo só para poder arrebentar sua cara fuinha. Vamos, Clara! Não caia nessa. O volante do carro é seu... é seu. É seu!"

Por mais que soubesse bem a capacidade da Emocional e da Instintiva em lhe afetar, Clara se esforçava para não sucumbir à vontade do Duplo, quando Vanessa, voltando-se para Marina e Tobias – e mesmo sem dizer nada –, impôs silêncio. Os dois pararam de zombar imediatamente.

– Hora do Desafio. Preparem-se e boa sorte. – Vanessa deu um passo para trás e começou a esmaecer, perdendo a cor.

Clara apertou os olhos e os fixou na mulher; só faltava agora não enxergar bem. O corpo de Vanessa se transmutou em uma silhueta formada por uma série de pequeninos pontos de luz e, em seguida, sumiu. O coração de Clara deu um pulo e todo o seu corpo paralisou. Nem ela, nem a Instintiva e, muito menos, a Emocional tiveram qualquer reação.

– Te vejo no labirinto, Simples Mortal – Tobias soprou as palavras em tom de segredo. Logo em seguida, desapareceu como Vanessa. Primeiro, começou a esmaecer e, então, se transmutou em uma série de pontos amarelos cintilantes até sumir por completo.

– Agora você vai entender o significado de per-se-guir! – Marina disse ao passar por Clara e finalizou dando uma cotovelada nela. Em seguida, também esmaeceu, transmutando-se em centenas de partículas de luz avermelhadas – que, por alguns segundos, mantiveram a silhueta da rainha do gelo e, depois, se desintegraram.

Clara sentiu, de novo, a picada no pulso. No local cxato onde Vanessa batera o dedo não existia mais um vergão e, sim, um círculo feito com um traço bem fino.

– Me ajuda, Bruno! – ela disse, apontando para o pulso.

— Não se preocupe. Essa é a Marca da Estrela.

— O que é isso?

— É um Selo. Uma autorização para transitar entre as dimensões. Sem a Marca da Estrela, não poderíamos chegar até o Labirinto de Cristal. O Selo já vai se completar.

— Marca da Estrela... — balbuciou, verificando o pulso, curiosa.

Bastaram poucos segundos para que, no centro do círculo, outros vergões se formassem, antecipando as linhas que viriam a desenhar o Selo em sua pele. Então, uma estrela de seis pontas começou a se configurar.

— Só isso?

— Ué! Você esperava o que de um Selo que tem o nome de "A Marca da Estrela"? — Bruno sorriu, espreitando o desenho no pulso de Clara. — Aproveite! Que eu saiba, nunca uma Simples Mortal recebeu um Selo como esse.

— Por que ser uma Simples Mortal é tão ruim? Vocês falam como se fosse uma doença!

— Não é que seja ruim; mas, depois que treinamos nossas habilidades, fica difícil até imaginar a hipótese de voltar a ser como vocês.

— Qual sua habilidade?

— Domínio sobre a verdade e a mentira.

— E seu poder?

— Ainda não desenvolvi nenhum poder ativo.

— Por que você diz "poder ativo"? Tem alguma diferença?

— Poder e habilidade todos têm, até os Simples Mortais. É nossa capacidade de *ativá-los* que nos faz diferentes de vocês. É isso o que a tradição nos ensina: como desenvolver nossas habilidades até que sejamos capazes de tornar nosso poder *ativo*.

— Por isso chamam os alunos de Ativos?

— Sim. Ativos são todos aqueles que já descobriram o potencial para se desenvolver e manifestar seus poderes. Potencial, entendeu? Por isso, alguns, como eu, ainda não os manifestaram. O Desafio anual é uma chance de mostrar nossa evolução; afinal de contas, é isso que aprendemos durante o ano: como desenvolver nossas habilidades até que sejamos capazes de tornar nosso poder ativo. Pode-se dizer que o Desafio é a nossa prova final.

— Vocês só estudam até setembro?

— Sim, porque nossos estudos se iniciam, mais ou menos, no meio de outubro. Varia de um ano para o outro.

— E férias?

— Ser integrante da Sociedade da Luz é algo em tempo integral. Treinamos nossas habilidades o tempo todo.

— Mas... e se um Ativo não manifestar poder?

— Esquece.

— Esquecer, por quê? Me conta, vai!

— Esquece, ele esquece. Isto quer dizer que volta a ser um Simples Mortal e não se lembra de nada sobre a Sociedade da Luz. E, por mais que o inconsciente ainda saiba qual é o caminho para manifestar os poderes, sua capacidade de desenvolver as habilidades reduz consideravelmente. — Bruno parecia bem entristecido com essa possibilidade. — Bem, é isso. Você já tem a Marca da Estrela, então podemos ir para o Labirinto de Cristal. Se tudo acontecer como eu espero, seus poderes se pronunciarão.

— Se? Se? Se tudo acontecer como você espera?

— Acho melhor ficar mais tranquila e relaxada. Não é bom o Duplo transbordar no Labirinto de Cristal. Isso só fortaleceria o poder do monstro sobre você.

— Que poderes ele tem?

— Sabe mais sobre você do que você mesma. Ele vai jogar na sua cara seus maiores medos, vai zombar dos seus anseios até que você se paralise e não consiga mais agir. Esse é o grande trunfo do Anjo da Morte. Saiba que, se você cair, ele não te deixará levantar. Agora, me mostra a Marca da Estrela — ele disse.

Clara não contestou.

Bruno colocou a mão direita no centro do próprio peito e, deixando a outra em formato de concha, a apontou para Clara. Pronunciou algo que ela não foi capaz de entender e, então, sorriu.

— Pronto. Esse Sopro permitirá que você desenvolva suas habilidades e poderes. Você terá as mesmas capacidades dos Ativos do primeiro ano.

— Primeiro ano? Não dava para ser algo como quinto, sexto ou até último ano? Eu vou competir com a Marina, lembra? — Clara estava relutante.

— Com ela, comigo e com Tobias, todos do primeiro ano! Agora chega e se concentre. Quando ouvir o sinal do início do Desafio, corra e chegue ao centro do labirinto o mais rápido possível. Os dois primeiros a chegarem confrontam seus poderes.

– Bruno... e se nós dois formos os primeiros no centro do Labirinto de Cristal?

Bruno entrelaçou seus dedos nos dela.

– Deixe as especulações fora do Labirinto de Cristal.

Bruno começou a esmaecer na sua frente, transformando-se em uma silhueta com pontos luminosos levemente alaranjados. Clara reparou que sua mão também desbotava como uma pintura exposta ao sol por muito tempo. Todo o restante do corpo de Clara também se encontrava transparente e, por certo, sumiria logo. Seus olhos foram tomados por uma luz muito forte; mas, por mais que forçasse, as pálpebras não fechavam. Foi como ser engolida pela luz.

CAPÍTULO 30

O coração batia tão tranquilo e ritmado que chegou a duvidar da veracidade dos fatos. Tomado por uma onda de luz, o corpo de Clara boiava como se conduzido pela suavidade do mar. Logo se percebeu planando até que despencou, batendo forte contra uma superfície dura e fria.

Uma luz fraquinha, vinda do alto, iluminava poucos metros ao redor. Além disso, reinava uma imensidão negra. A penumbra era de arrepiar e, por mais que quisesse saber o que a escuridão escondia, não arredaria o pé de onde estava. Um ponto dourado surgiu. Pulsava forte como um coração e, a cada palpitar, aumentava de tamanho. Outros também apareceram fazendo o mesmo. Transfiguraram-se em uma série de longos riscos luminosos que se entrelaçaram até formarem as arestas de uma enorme caixa de luz. Clara encontrava-se bem no centro dela. Logo, o que inicialmente aparentavam ser paredes iluminadas mostraram-se como uma espécie de vidro fosco sustentado pelos contornos de luz.

Bem ao seu lado, Clara sentiu uma presença. De canto de olho, vislumbrou um par de tênis azul de cano baixo e sola grossa.

– Bem-vinda ao Labirinto de Cristal. – Bruno lhe estendia a mão como se apresentasse o lugar.

– Esquisito – ela disse, observando ao redor.

– O que é esquisito?

– É mais que isso, é anormal.

– O que é anormal? – Bruno apertou as sobrancelhas.

— Anormal é um labirinto sem portas, corredores ou qualquer tipo de cruzamento. Esse lugar onde estamos não passa de uma caixa de vidro.

— Ficaremos fechados até o início do Desafio. Na hora certa, as paredes de cristal irão compor os corredores para o teste. Boa sorte... para nós!

Bruno começava a esmaecer. Clara o pegou pela mão.

— E se o Duplo escapulir de mim?

— Se acontecer, concentre-se em se equilibrar novamente. — O rosto dele começou a se transfigurar em pontos de luz, assim como a mão, que ela não pôde mais segurar. — Agora, me diga: qual a regra primordial para vencer o Desafio?

— Definitivamente, é ficar longe da Marina. — Clara deu uma risadinha e, ao perceber que o rosto dele já não era mais visível, gritou. — O Duplo deve estar sempre equilibrado. Essa é a regra primordial!

— Equilibrar, equilibrar, equilibrar. — Bruno, transformado em pontos alaranjados, deslizou o braço pelo ar marcando as palavras feito um maestro. — Fique atenta à contagem regressiva e saberá a hora de correr — a voz dele se distanciava até que sumiu.

Ao longe, um canto entoado por inúmeras vozes começou a tomar o lugar. Então, sons de palmas ritmadas começaram a acompanhar o cântico.

— Dez... nove... oito... — o vozerio entoava a contagem regressiva.

O estômago de Clara gelou e depois se contraiu.

— Sete... seis... cinco... quatro... três... dois...

Uma onda de frio subiu pela coluna de Clara, arrepiando-a; em seguida, o corpo estremeceu. Era como se todos os ossos estivessem se espatifando. Agora sentia-se forte e concentrada em fazer o que fosse preciso para vencer. A parede de cristal à frente se transfigurou em um longo corredor.

— Um... vai! — As vozes explodiram em uma gritaria típica de comemorações em estádio de futebol.

Clara disparou pelos corredores do Labirinto de Cristal. As pernas se alternavam tão rápido, e com tal desenvoltura, que teve receio de olhar para baixo e descobrir que o movimento veloz era fruto de sua imaginação. Teria que confiar em si mesma e em sua capacidade de encontrar o caminho mais rápido para o centro.

"É só um labirinto como qualquer outro de parque de diversões. Nunca deixei de encontrar a saída e não será hoje que isso vai acontecer."

Confiou nesse pensamento e assim seguiu. Ora acertava o caminho, ora errava; mas não desistiria nunca. Até que três caminhos diferentes se apresentaram. Por um minuto, Clara ficou confusa. Parada diante da entrada deles e, com o coração precipitando-se pela garganta, perguntava-se qual seria a melhor escolha. Seria uma boa hora para contar com a opinião da Instintiva e da Emocional, porém nenhuma delas se pronunciou.

— Direita, esquerda ou meio? Vamos, Clara, escolha. Qual o melhor caminho? – gritou consigo mesma como se assim fosse decidir mais rápido.

Do nada, um abalo violento no ombro a jogou para o lado, derrubando-a. Um barulho ressoou, deixando Clara com uma certeza: quem a derrubara também tinha rolado pelo chão.

— Tobias? – espantou-se. Ela foi logo se colocando de pé.

Em um movimento muito rápido, Tobias também se levantou. Apontou para Clara e pronunciou alguma coisa ininteligível.

Uma força a atingiu e, tal qual mãos invisíveis, segurou Clara pelos ombros e a empurrou para trás com toda a força. Ela bateu as costas na parede de cristal e caiu desconcertada. Foi como quando Marina a prendeu a distância. A rainha do gelo controlava algum tipo de força invisível e Tobias parecia fazer o mesmo. Clara mal começou a se levantar quando um jato de água gelada atingiu seu rosto.

"De onde veio isso?"

Tobias mantinha os braços estendidos e a mão espalmada em direção a ela. Fez um gesto amplo, girando os braços, e quando eles apontaram outra vez para ela, um jato d'água saído da palma da mão dele esguichou, atingindo Clara em cheio.

— Para. Isso dói – reclamou.

Ele não pareceu ouvir. Fez o mesmo gesto, armando os braços e atirou de novo.

Em um espasmo, Clara girou o corpo para o lado, fugindo do ataque. O jato d'água passou bem perto e se desfez na parede, acabando por escorrer pelo chão.

— Baixinha, quem diria, logo você quase chegando ao centro do labirinto?

Tobias lançou outro jato d'água, mas dessa vez foi diferente. No meio do caminho, a água se separou em grandes esferas que se lançaram contra Clara. Em um piscar de olhos, ela se viu saltando de um lado para o outro, enquanto fugia do ataque. As esferas começaram a estourar nas paredes, espalhando lascas pelo chão. Só, então, Clara percebeu que elas eram maciças e feitas de gelo.

Em largos movimentos com os braços, Tobias lançou diversos esguichos no teto que escorreram ao redor de Clara como torneiras abertas. Pareciam ter uma fonte própria e não pararam de escorrer até que se solidificaram, formando grossas barras de gelo que iam do teto ao chão.

– Esse é o melhor trunfo da minha habilidade. Gostou da minha gaiola de gelo? Fiz especialmente para você. – Tobias lançava pequenos esguichos de uma mão para a outra, porém a água não escorria. Aparentemente, ele conseguia não só produzi-la como também absorvê-la.

– Como você pode perceber, o Desafio é coisa para gente grande, não para Simples Mortais.

– Posso desenvolver minhas habilidades tanto quanto você, Tobias. Bruno me deu esse direito.

– Direito?

– Sim, direito! De ser como vocês, de desenvolver minhas habilidades e poderes.

Ele brincava com o líquido brotando em suas mãos em uma nítida tentativa de impressioná-la.

– Então Bruno lhe concedeu um Sopro? É isso? Ter habilidades não é um direito, é um dever de todo ser humano. É isso o que nos separa de vocês: temos consciência do peso das nossas escolhas no mundo. Pensa que entrar no Arquivo Cósmico escondida só muda a *sua* vida? Mais uma prova de que você é uma Simples Mortal.

Clara se aproximou da grade que a prendia.

– Eu posso ser tão boa quanto você – salientou.

– Eu sei que pode. Mas não vai conseguir.

– Vou, sim.

– Ah, é? Então saia da gaiola de gelo. Tchau e até nunca mais, Simples Mortal! – Ele saiu rindo e não hesitou frente aos corredores. Pegou o da esquerda e desapareceu após uma curva.

Clara forçou as barras de gelo, mas não achou uma sequer que permitisse sua fuga. Como sairia? Descansou as costas na grade de gelo e, no mesmo instante, um calafrio a tomou dos pés a cabeça. Depois uma espécie de choque elétrico lhe deu um beliscão na nuca. Afastou-se de supetão.

– Quem está aí? O que está acontecendo? Quando essas forças invisíveis agem é culpa de um de vocês. Marina? Tobias? Bruno?

Uma leve luminosidade surgiu vinda debaixo e foi aumentando. Quando Clara se deparou com o que produzia a luz, quase teve um treco.

– Que porcaria é essa?

Suas mãos estavam incandescentes. Clara as esfregava uma na outra quando, delas, brotaram faíscas que, feito pequenos fogos de artifício, escorreram e trepidaram sobre o chão de cristal. Só se apagaram ao encontrarem as poças d'água deixadas pelo ataque de Tobias. As partículas luminosas não paravam de surgir. Caíam lampejando e pipocavam ao redor dos pés de Clara, soltando um ruído seco que lembrava estalinhos de festa junina. Nessa hora, uma faísca pulou mais longe atingindo uma das barras de gelo e a estourou. Clara aproximou as mãos da gaiola, deixando que as partículas destruíssem outras barras. Agora poderia escapar e, pelo jeito, seu poder ativo acabava de se pronunciar.

Ao sair da gaiola, suas mãos continuaram produzindo pequenas fagulhas explosivas que agora davam choques elétricos onde quer que tocassem seu corpo.

"Onde será que fica o botão de liga e desliga?"

Foi quando uma sombra, de uns três metros de altura, surgiu bem em frente à entrada dos três corredores. Desenvolveu a aparência de uma silhueta humana. Duas enormes asas surgiram nas costas, então começou a mover-se em um ritmo acelerado.

– Então seu poder são as Centelhas Elétricas? – disse a sombra tomando feições humanas.

CAPÍTULO 31

Aquilo era o Anjo da Morte ou o quê? Se ninguém podia dizer ao certo o que acontecia no Labirinto de Cristal, talvez fosse melhor que Clara não cedesse à primeira ideia. E se a sombra fosse outra coisa; nem anjo, nem Ativo?

Por algum tempo, a sombra gigante de silhueta humana permaneceu estática com as asas batendo forte, o que fez o ar circular em um leve redemoinho. Seu rosto foi ficando mais definido e os olhos, acinzentados e ferinos. A sombra pairava um pouco acima do chão e, deslizando de forma sobre-humana, foi em direção à Clara. A força do vento circular começou a aumentar e Clara foi obrigada a se segurar nos escombros da gaiola de gelo; caso contrário, o vento forte e tempestuoso a lançaria contra a parede. Aquele só poderia ser o Anjo da Morte, o primeiro obstáculo que ela precisava vencer.

— Até que você é esperta, em um primeiro momento a grande maioria não me reconhece. Muito prazer, eu sou o Anjo da Morte – a sombra disse com voz rouca e cadenciada. Suas asas pararam de bater e o vento cessou. O anjo passou a mão no cabelo de Clara e puxou alguns fios para perto, cheirando-os. – Hum... cheiroso. Bem, eu sou o *monstro*. Não é assim que me chamam?

— Não.

— Por que negar?

— Não é – Clara insistiu. – Você está errado – ela foi categórica.

Houve um tempo em que Clara dominava as próprias reações, mas agora, sentia-se perdida. Sabendo que o chamavam bem assim – afinal, fora a maneira como Bruno se referira a ele –, por que insistir em negar?

O Anjo da Morte começou a se distanciar e, conforme andava, foi diminuindo de tamanho até ficar com uns dois metros de altura. Seu corpo, antes uma sombra com silhueta quase humana, tornou-se mais visível – como se adquirisse massa e relevos mais evidentes.

– Eu sei que é sua primeira vez aqui. Então, vou te ensinar. Mentir no Labirinto de Cristal não é uma boa ideia. *Eu* não minto. Agora sua vez!

– Eu?

– Eu? – disse ele com uma vozinha fina e estridente.

– Pare de me imitar – Clara disse.

– Eu?

– Pare já!

– Não estou te imitando. – Dessa vez ele esticou as palavras, mas continuava imitando-a descaradamente.

Agindo daquela forma, o Anjo da Morte dava a Clara uma sensação estranha; sentia vontade de chorar sem nem saber a razão. Seria a Emocional ou a Instintiva? Porque, além de chorar, Clara queria sair chutando tudo: anjo, Ativos, Felipe e a Sociedade da Luz inteira. Encontrava-se tão cansada, tão sem forças... Mesmo que vencê-lo fosse sua única saída, não queria mais lutar contra ninguém.

– Ai, ai, ai, como eu sofro – o monstro disse em tom de chacota como se capaz de ouvir os pensamentos dela. – Não estou te imitando. – Então mudou o tom voltando a falar com a voz ritmada de antes. – Por que eu faria isso? Está se achando especial?

– Não.

– Ainda bem, porque você não é! – a voz do Anjo da Morte soou tão alta e aguda que, a cada palavra, se tornava mais irritante. Olhou Clara de cima a baixo conferindo alguma coisa e, por fim, cruzou os braços. – Não, não mesmo.

– Não o quê?

– Você não é capaz. – A voz dele voltou a uma altura confortável. – Estou dizendo. Eu ainda não fiz nada e você já está toda nervosinha. Não vai me vencer, mesmo tendo poder.

– Não tenho poderes, sou uma Simples Mortal. Só quero sair daqui.

– Estou falando do poder da escolha, mocinha. Simples Mortal ou não, todos os humanos o têm. E vocês sempre fazem a escolha errada. Adoro humanos.

CAPÍTULO 31

Um brilho vindo debaixo chamou a atenção de Clara. Suas mãos, um pouco dormentes, apresentavam uma leve fluorescência nas palmas. No intuito de acordá-las, abriu e fechou os dedos várias vezes, mas, para sua surpresa, as linhas da mão começaram a soltar pequeninos fios incandescentes. Mexeu os dedos e pequenos raios, obedecendo ao movimento, surgiram e se lançaram de um lado para o outro feito relâmpagos cortando o céu em noite de chuva. Era surpreendente e ao mesmo tempo magnífico. Naquele momento, dois raios se encontraram, acabando por relampejar. Ela continuou mexendo a mão e os fios acompanharam, unindo-se e moldando-se de acordo com a posição dos dedos. Quando se deu conta, tinha sobre a palma da mão, flutuando sob seu comando, uma esfera cristalina recheada de pequenas descargas elétricas.

O Anjo da Morte sorriu.

– A Centelha Elétrica! Adoro os que manipulam eletricidade. – O monstro se aproximou. – Pela sua cara, você não tem a mínima ideia de como comandá-la, não é? Adoro humanos – o tom era jocoso.

Clara mirou o Anjo da Morte e atirou a bola incandescente, acertando-lhe o braço. Ela explodiu na hora, fazendo uma espécie de areia e cinzas voarem pelo espaço tingindo a parede de cristal atrás dele.

– Legal! – Clara comemorou. Entretanto, em um piscar de olhos, o braço do anjo se refez. – Que beleza, o monstro se regenera! – As palavras escapuliram da boca de Clara.

– Ai...! – O anjo resmungou feito criança mimada, batia os pés no chão como quem faz birra. – Monstro, não! Não gosto que me chamem assim. – A voz chorosa e reclamona não lembrava a anterior, rouca e cadenciada. – E eu tentando ser simpático com você. Depois *eu* é que sou o "malvado"! Não quero mais sua amizade, mocinha. – O Anjo da Morte voltou a se agigantar tomando toda a frente dos três corredores. – Você vai embora agora!!! – vociferou, soltando um rugido. O hálito quente e cheirando a queimado atingiu Clara com tanta força que a varreu pelo chão do labirinto. Só parou ao trombar na parede.

– Agora levante e vá embora! Tchau! – A criatura acenava.

– Não posso, você sabe muito bem disso.

– Não me interessa. Eu só cumpro ordens.

– Ordens?

– Ordens! Eu não posso te deixar seguir adiante. Logo, vamos facilitar para nós dois: você volta pelo mesmo caminho em que veio, e eu vou atormentar outra pessoa. Vamos, seja boazinha. – O Anjo da Morte se aproximou e, agarrando Clara pela camiseta, a puxou para cima, deixando-a em pé. Então, segurou-a pelos ombros e girou-a, colocando-a de frente para o corredor por onde havia chegado. – Está vendo? Não é tão difícil. Aproveite o impulso e vá! – Ele a empurrou e, por consequência, ela cambaleou para frente, chegando a entrar no corredor. – Volte para o buraco de onde você saiu.

Clara resistiu ao movimento e voltou muito cheia de si.

– É isso o que estou tentando: voltar para o lugar de onde vim. Mas para isso, eu preciso seguir em frente. Tenho que chegar ao centro do labirinto.

– Ah, que corajosa. Tão bonitinha. Adoro humanos.

A mão de Clara voltou a adormecer. Então, começou a formigar e soltar faíscas, criando uma cachoeira de fagulhas. Escorrendo até o chão, elas se lançavam umas sobre as outras até se desfazerem. Clara não perdeu tempo. Agarrou os braços do Anjo da Morte e as descargas elétricas correram pelo corpo dele, que, tomado pelos raios, começou a inchar, oscilando de tamanho até explodir.

Clara foi coberta por uma rajada de areia e cinzas. Limpou o rosto com a manga do uniforme bem a tempo de assistir o Anjo da Morte se reconfigurar.

A sombra surgiu novamente e foi crescendo até voltar à forma humana com dois metros de altura. Em seguida, ficou densa e o corpo se recompôs.

– Vai ficar me explodindo até quando? Ficou louca?

– Não me chame de louca! – Clara balbuciou.

– Louca!

As mãos de Clara voltaram a estalar e os raios que se soltavam passaram a queimar a pele dela.

– Aiii... pare. – Chacoalhava as mãos, tentando se livrar dos estouros. – Pare com isso, seu monstro.

– Ei, mocinha, não sou eu quem está produzindo eletricidade. Mas também não posso dizer que não tive culpa. Não era para te chamar de louca, eu sei, mas esqueci. Dizem que errar é humano, entretanto, errar é para todo mundo. Até mesmo para mim. Acertar é que é difícil.

As mãos de Clara vertiam fagulhas e fios elétricos que, além de seu controle, transformavam-se em pequeninas Centelhas Elétricas que pipocavam pelo chão até explodir. Davam a impressão de que não parariam mais de nascer.

— Louca, coitadinha – o anjo disse como se falasse consigo mesmo. – Louquinha da Silva.

— Pare de me chamar assim.

— De louca?

— Chega!

— Louca?

— PARE! – Clara berrou.

Os raios elétricos pareceram se revoltar e foram subindo pelos braços dela até que se mantiveram correndo por toda a pele. Tudo ficou ainda pior. Uma gosma, prateada e incandescente, começou a brotar dos seus dedos e foi aumentando até que, escorrendo sobre o piso, criou um leito. Não fosse a cor prateada, poderia se dizer que era lava. Talvez suas habilidades estivessem evoluindo e, quem sabe, a partir de agora, em vez de eletricidade, outro poder se manifestaria? E mais, quem sabe não acumularia os dois poderes?

"Quanto mais, melhor", pensou ela.

— Será? Talvez o tombo também seja maior! – o Anjo da Morte disse.

— Pare de me desanimar! – Clara revidou bruscamente. Aquela criatura agia como se tivesse invadido seus pensamentos e descoberto seu pior medo.

— Não estou desanimando, só estou falando a verdade. Já disse, eu não tenho escolha.

— Não pode mentir?

— Mentir, eu? Quem me dera! Se eu pudesse dizer que sonho com alguma coisa, seria com isso: mentir. Ah, que delícia deve ser mentir.

— Então, fica quieto e pare de me desanimar! – ela disse, enquanto tentava se livrar da gosma prateada brotando dos seus dedos.

— Eu só estou completando seus pensamentos, não estou inventando nada. Pare de pensar que tudo foi feito a sua imagem e semelhança. Ai… que gente egocêntrica. Cuidado, hein?! Se continuar assim, daqui a pouco você vai achar que ficou louca e ainda vai pensar que é tudo culpa minha. Não quero que pense besteiras ao meu respeito.

— Quem, eu? Imagina. Por que eu pensaria besteiras, tudo aqui é tão normal. – Clara fez um gesto mostrando o chão lambuzado de gosma prateada e seus dedos escorrendo o líquido pegajoso.

— Por que agora reclama da Lava Prateada? Você não queria mais poderes?

— Queria, mas não assim.

— Adoro humanos. Pedem uma coisa, mas na verdade querem outra.

— É que estou confusa.

— Falei! Aí está você com a cabeça cheia de bobagens. Daqui a pouco vai ficar pensando que surtou. Eu sei... seria a milionésima vez, mas te conheço muito bem e também sei que essa ideia pode voltar a qualquer momento.

Clara se lembrou de Bruno na hora.

"Ele sabe mais sobre você do que você mesma. Ele vai jogar na sua cara seus maiores medos, vai zombar dos seus anseios até que você se paralise e não consiga mais agir. Esse é o grande trunfo do Anjo da Morte".

Clara quase podia ouvir a voz do garoto. Era tudo o que ele lhe contara sobre o monstro, mas já era mais do que suficiente.

— Não, não caio mais nessa — Clara disse, vangloriando-se frente ao monstro. Na hora, a Lava Prateada parou de brotar de seus dedos.

— Tão bonitinha. Até que, para uma Simples Mortal, você é bem esperta.

— Pois bem, agora eu vou passar e continuar no Desafio — Clara disse, distanciando-se dele e seguindo para o entroncamento dos três corredores.

— Gostei de ver. Agora, sim, tenho confiança na Simples Mortal. Não precisa se preocupar, viu? Você não vai ter um surto psicótico como a sua mãe. É por isso que você não gosta que te chamem de louca, não é?

Clara paralisou. Sentiu o rosto esquentar, e na cabeça reverberou um profundo zunido. Na mesma hora, e sem nenhum pudor, meteu o dedo na cara do Anjo da Morte o ameaçando.

— Não fale da minha mãe, imbecil!

Ele a afastou com gentileza como quem afasta um pequeno cachorrinho.

— Não tem nada demais você ter medo de ser arrancada de casa por um monte de gente vestindo branco. É por isso que seu guarda-roupa não tem nenhuma roupa branca? Deve ser difícil para uma criança quando a mãe pira de vez.

— Não fale assim da minha mãe! — Clara mastigou cada uma das palavras.

— Não sou eu quem está falando, é você. Já disse que não posso mentir, o que faço é dar voz aos seus pensamentos. — Ele deu uma pausa. — Dizem que loucura é hereditário, verdade?

A respiração de Clara foi ficando ruidosa. Ela metralhava o anjo com o olhar, mas se esse tipo de atitude não funcionou para conter os colegas de colégio quando faziam chacotas sobre sua mãe, não seria o Anjo da Morte que se intimidaria.

– Está bem, já parei. Não precisa ficar nervosa. Não vou mais falar da... da... da coisa que não posso falar. Falaremos do que, então? Da *sua* loucura?

– Não estou louca.

– Estou certo que não. – O semblante do Anjo da Morte era irônico.

De repente, ele desapareceu, surgindo no instante seguinte sentado sobre um trono de cristal estrategicamente localizado à frente do entroncamento dos três corredores. Então, Clara se percebeu sentada em um trono bem em frente ao que o anjo estava. À primeira vista, eram idênticos.

– Como vim parar aqui? – Quando tentou se mover, não conseguiu. Alguma coisa a prendia pelos pulsos e tornozelos. Não existia nada visível; ela apenas sentia a pressão.

– Não precisa ter vergonha, enlouquecer pode acontecer com qualquer um. Não é porque sua mãe...

– Cale a boca, imbecil – Clara disse, sentindo a pele repuxar de leve.

– Sua mãe ficou louca, e sou eu que levo a culpa? Ou foi você quem ficou louca? Interessante pensarmos nisso... – Ele parou por um segundo. – Mas favorecer a sanidade não é meu forte. De qualquer forma, não precisa ficar nervosa.

– Não estou nervosa.

– Está, sim. Estou vendo sua cara.

– Não es-tou – Clara engasgou e a voz saiu fraca.

– Então, por que está com o rosto vermelho? Só por que eu falei da sua mãe?

– Não fale da minha mãe! – Clara berrou ao mesmo tempo em que uma forte luz surgiu. Em um espasmo, levantou-se arrebentando a força invisível que prendia seus pulsos e tornozelos ao trono. A pele repuxou mais uma vez e a mão formigou. Logo soube que os fios elétricos se pronunciavam. Clara lançou raios eletrificados por todos os lados. Explosões atingiram as paredes, chacoalhando o lugar. Ela nem queria saber. Destruiria tudo, se necessário. Foi quando um barulho, tal qual um saco de batatas desmoronando no chão, arrepiou o seu corpo. Ela conhecia aquele som. O Duplo acabava de se estatelar no chão. Nesse instante, a Emocional se colocou de pé e estendeu a mão para a Instintiva, ainda caída. Deram as mãos e, num impulso, ela se levantou, colocando-se ao lado da outra.

A Emocional olhou direto nos olhos de Clara.

— Pronta? — ela perguntou com a voz falha.

— Para quê?

— Para chutar o bumbum desse monstro! — A Emocional fincou os olhos no Anjo da Morte.

— Vamos arrebentar a cara dele ou não? — A Instintiva tinha o rosto mais vermelho do que nunca.

Clara olhou para um lado, depois para o outro e, por um segundo, quis concordar com o monstro.

"Definitivamente, estou maluquinha da cabeça, e pior, das três cabeças. Essas duas surtaram?"

— Regra primordial! — Clara dizia. — Regra primordial: equilibrar-se com o Duplo. Voltem a se juntar a mim!

— Vamos enfrentar esse bundão! — a Emocional insistia, enquanto, com as mãos, fazia o gesto de socar.

O Anjo da Morte cruzou os braços.

— Ofendeu, bonequinha? Sua mãe é louca e você também é. Acontece nas melhores famílias.

— Calado, seu grande bunda gorda! — A cópia de tranças enfrentava o anjo.

— Para isso você tem voz, não é mesmo? Ela só falha quando você lembra que o Felipe não gosta de você? Ele gosta da Juju, eu sei. Vai dizer que nunca reparou nisso?

— Seu idiota! — A voz da Emocional quase não saiu e ela desembestou a chorar. Do nada, o cabelo dela começou a se transmutar em um líquido viscoso e prateado que escorria para o chão, pingando a partir do fim da trança. — O que é isso? — A Emocional lambuzava as mãos na gosma.

— É a Lava Prateada — Clara respondeu surpresa. — Isso não vai dar certo. Nós precisamos nos equilibrar!

— Lava Prateada? E isso faz o quê? — A Emocional observava o líquido pegajoso escorrer por seus dedos.

— O quê? — o anjo vociferou. — Você quer mesmo que *eu* te explique?

CAPÍTULO 32

Clara sabia que o Anjo da Morte estava prestes a derrotá-la. Afinal de contas, tinha ouvido Bruno dizer mil vezes qual era a regra primordial: equilibrar-se com o Duplo. Mas Clara fez o quê? Explodiu. Ou melhor, transbordou assim que ouviu o monstro falar do surto psicótico da mãe. Já tinha esquecido isso, tinha mesmo. A mãe estava bem, internada, mas bem. Não tinha motivos para voltar a pensar que poderia, ela também, vir a não reconhecer a diferença entre o real e o imaginário.

"Chega, Clara! Você já está de novo se achando maluquinha da cabeça. O Duplo transbordou, tudo bem. Agora dê um jeito de equilibrá-lo."

Clara acabava de dar um conselho para si mesma como se falasse com a Emocional ou a Instintiva. Isso, sim, era assumir o volante do carro, tinha certeza absoluta. Ao seu lado, a Instintiva observava boquiaberta a Emocional, ainda com os cabelos escorrendo a Lava Prateada.

– Emocional! Vamos resolver isso. Não se preocupe. – A Instintiva tentou limpar a lava das mãos da Emocional, mas ela não deixou.

– Não faz assim. Eu adorei! – A cópia de trança juntou um monte de Lava Prateada e atirou contra uma das paredes. Assim que se chocou com o cristal, a lava se solidificou. – Adorei mais ainda! – a Emocional estava animada.

De uma hora para outra, a Instintiva começou a estapear a própria mão.

– Volte ao normal, volte ao normal! – ela gritava.

– O que foi? – Clara disse.

— Não sei direito. Minha mão parece que morreu. Dói quando eu mexo. Ai... dói e ainda faz cócegas. Ai!

— Sua mão está formigando? Instintiva! Você vai começar a...

— Ai! Ai! Ai! — A Instintiva pulava de um lado para o outro com as mãos vertendo faíscas e pequenos raios elétricos.

— Não vá pirar, Instintiva. Concentre-se em formar as Centelhas Elétricas.

— Não sei como fazer isso.

— Sabe, sim. Você estava dentro de mim. Controle as esferas, depois pensamos na regra primordial.

— Ai! Ai! Isso dá choque. Ai!

— Mexe os dedos. Os raios vão seguir o movimento. Tente, vai! Conforme eles forem se enrolando, você vai moldando a esfera. Vai, garota!

— Ai, droga! — Entre fugir dos choques elétricos que levava da própria mão e moldar a Centelha Elétrica, a Instintiva disparava "ai!", "dói!" e "chega!" por todos os lados. — Onde desliga essa porcaria? — Logo moldou a Centelha Elétrica e, assim que conseguiu transformá-la em uma esfera maciça, os choques elétricos pararam. — Agora, sim. Emocional! — ela gritou. — Vamos proteger a Clara desse imbecil!

— Me proteger? Regra primordial, regra primordial! Voltem para dentro de mim.

— Vamos chutar o bumbum do monstro! — a Emocional disparou, juntando um montante de Lava Prateada entre as mãos.

Ao contrário de Clara, elas não pareciam se preocupar com a regra primordial. As duas começaram a atacar o Anjo da Morte que, de súbito, se levantou do trono de cristal e soltou o mesmo rugido forte e fedorento. Dessa vez, o vento foi mais fraco. Porém, enquanto vociferava, o monstro começou a crescer até voltar aos seus três metros de altura.

Nessa hora, o corpo de Clara se contraiu e esquentou. Ela levou a mão à bochecha e, depois, à testa. Seu rosto estava quente, como se estivesse com febre, e os braços se enfraqueceram, como se cada um deles segurasse uma mochila pesada. Chacoalhou as mãos e, por um segundo, teve a sensação de haver um ponto de luz surgindo em sua mão. Tentou segurá-lo; mas, para sua surpresa, ao terminar o gesto, um raio surgiu da palma da sua mão direita e começou a expandir. Foram poucos segundos até que um feixe de fios elétricos, aparentando uma corda, se formasse. Clara fitava aquilo sem entender. Mexeu a mão e o conjunto de fios torcidos acompanhou. Ele estava preso à mão dela e sujeito a seus movimentos.

A Instintiva passou voando ao lado de Clara e bateu na parede, caindo desconjuntada. Chacoalhou a cabeça e se levantou como se nada tivesse acontecido. Só agora Clara se dava conta de que o Duplo ainda enfrentava o Anjo da Morte. A Emocional lançava porções de Lava Prateada sobre ele.

– Venha logo, Instintiva. Ele é muito forte. A lava não consegue segurá-lo por muito tempo.

O anjo fez um movimento com o braço e ela foi jogada pelos ares como a Instintiva havia sido pouco antes. Bateu na parede e caiu no chão.

– O que vocês estão fazendo? Regra primordial, lembram-se?

– Onde você arrumou esse chicote? – a Instintiva disse, chegando perto de Clara e fitando os fios eletrificados.

Ela não saberia responder. Chacoalhou a mão tentando se livrar daquilo, mas só piorou as coisas. A porção de fios puxou o braço de Clara para cima e rodopiou no ar, soltando um brilho intenso. O chicote girava veloz e, do nada, a ponta estalou, fazendo-o cair no chão inerte.

– Como você fez isso? – a Instintiva soltou as palavras em um ímpeto.

– Sei lá, eu só pensei em me defender. – Clara tentou soltá-lo. – Ele continua preso como se fosse um prolongamento das minhas linhas da mão. Olha!

Mas quando foi mostrá-la para a Instintiva, o chicote deu um giro rápido e foi para o alto puxando o braço de Clara novamente. Rodopiando acima da cabeça delas, criou uma bolha de luz que as envolveu até que a ponta do chicote soltou um brilho ligeiro, estalou e caiu no chão inerte.

– Você pensou em se defender de novo?

– Sim.

– Parece que você tem um novo poder. – Os olhos da Instintiva brilhavam animados.

A Emocional se aproximou correndo.

– Eu não consigo mais segurá-lo com a Lava Prateada, me ajudem!

– E a regra primordial?

– Não temos tempo para pensar nisso. – A Instintiva formava um Centelha Eletrificada. – Acabamos com ele primeiro e tratamos da regra primordial depois.

Se tinha uma coisa que Clara entendera é que equilibrar-se com o Duplo significava entender suas vontades e equiparar-se a elas. Por mais que concordasse em enfrentar o Anjo da Morte, ela ainda desconfiava que não adiantaria enquanto estivessem separadas. Porém, não era hora de ponderar, mas de agir. As três se colocaram lado a lado ficando bem de frente para o Anjo da Morte.

– Quanto mais poderes, maior o tombo. Depois não diga que eu não te avisei – ele disse em tom sério. – Não vou te deixar passar – o Anjo da Morte completou, escancarando a boca e finalizando com outro rugido.

Assim como da primeira vez, o vento tomou velocidade. Derrubou as três quase ao mesmo tempo e as arrastou pelo chão de cristal. Então, um redemoinho levantou seus corpos e os atirou contra uma das paredes. Bateram forte. Clara caiu desconcertada, mas não sentia dores físicas; apenas um incômodo no centro do peito e a esquisita sensação de ter as mãos geladas. Quando as observou, percebeu que o chicote não estava mais preso a elas. Mas quem reclamava das dores da pancada era a Instintiva que, apesar disso, já se levantava; colocando-se ao lado da Emocional. Clara tinha a Emocional a sua direita e a Instintiva à esquerda. Gostava da sensação de proteção que elas lhe inspiravam.

A Instintiva deu um passo à frente, nitidamente puxando a briga.

– E aí, grandão, qual é seu poder mesmo? – Ela controlava uma Centelha Elétrica que flutuava no ar sob seu comando. – Segure essa – ela disse, lançando a esfera.

– Nem posso esperar – o Anjo da Morte não demonstrava preocupação.

Ao contrário do que qualquer uma delas poderia imaginar, a Centelha Elétrica não chegou até ele. No meio do caminho, fez uma meia-volta acabando por ir para cima de Clara. Não saberia explicar como conseguiu tal feito; mas, em um golpe ágil, tirou o ombro do caminho se esquivando do ataque. A Emocional, entretanto, não foi tão rápida. A bolha eletrificada a atingiu em cheio e, ao tocá-la, explodiu. Raios correram pelo corpo dela, fazendo-a tremer por inteiro.

– Assim você me magoa. – A Emocional gaguejou. – Afinal, quem você queria acertar?

– Como quem? O monstro, ora essa!

Clara se aproximava da Instintiva quando uma pancada atingiu em cheio sua nuca. Por mais que fosse estranho, ela não sentiu dor; mas a Instintiva gritou, reclamando:

– Ai, quem me bateu?

Clara levou a mão ao local, constatando:

— Emocional, você atirou Lava Prateada em mim? — boquiaberta, Clara puxava as crostas sólidas presas ao cabelo.

— Desculpe, não foi minha intenção. Tentei acertar o monstro.

— Espere aí! Você acertou a Clara e eu que senti dor? — a Instintiva esfregava o pescoço. — É tudo culpa desse monstro. Deixe que eu mesma acabo com ele.

A Instintiva atirou várias Centelhas Elétricas na direção do Anjo da Morte, mas todas elas fizeram um meio giro no ar, voltando diretamente para Clara. Atingida pelas esferas, ela assistiu aos raios elétricos percorrerem seu corpo. Entretanto não sentia dor, apenas cócegas.

— Ai... ai... ai! Para, está me machucando! — a Instintiva gritava, saltando de um lado para o outro. Ela começou a atirar mais e mais esferas. Todas atingiam Clara, mas era a versão de rosto vermelho e rabo de cavalo quem reclamava da dor. Quanto mais gritava, mais ela atirava as centelhas.

— Instintiva! Quando atira em mim, é você quem se machuca. Pensa um pouco antes de agir.

— Eu vou acabar com esse monstro — ela gritava, enquanto lançava mais e mais bolas eletrificadas contra Clara. E o pior é que ela tinha uma ótima mira.

Clara sentia as pancadas atingindo-lhe o corpo, mas os choques iam direto para a Instintiva que continuava atacando e pulando de dor.

— Clara! — a Emocional chamou.

Do outro lado, a Emocional lutava contra a Lava Prateada que escorria de seus cabelos em abundância. Por mais que ela a afastasse, a gosma já tomava grande parte do piso de cristal, chegando até Clara e a Instintiva. Um montante de lava se represou aos pés da Emocional e subiu por suas pernas.

— Estou presa! A lava está sólida.

De repente, os pés de Clara umedeceram. A Lava Prateada que tomava grande parte do piso de vidro agora se apoderava de seu tênis quase por completo.

— Emocional, tente se controlar ou vamos ser engolidas por essa lava.

— Não sei como parar. Meu peito dói e não consigo mais respirar. Acho que essa gosma está me sufocando.

— Fique calma.

Uma fagulha elétrica explodiu entre elas, distanciando seus corpos.

Porém os pés de Clara já estavam presos. Ela tombou para trás, batendo forte contra a parede e, nem assim, a gosma a soltou. A Lava Prateada subia por suas pernas, tomando o uniforme até as coxas.

– Pare, Emocional – Clara disse, forçando as pernas a vencerem o peso do líquido pegajoso. Conseguiu movê-las, mas a Lava Prateada pareceu se enrijecer mais. Apoiou o corpo na parede e, por pouco, não foi atingida por uma centelha que explodiu bem ao lado, estremecendo tanto o cristal da parede como o do chão.

A Instintiva se aproximava; mas, de repente, travou. Toda paralisada, só mexia os olhos e a boca.

– Emocional, afaste-se da Clara. É ela que está nos deixando assim – ela disse, ao mesmo tempo em que todo o corpo era envolvido pelos raios elétricos expelidos por suas mãos.

– Clara, por que você me destruiu? – a Emocional indagou.

– Mas eu não fiz nada.

– Como não? E o Felipe? – ela retrucou.

– Quem se apaixonou por ele foi você, Emocional, não eu.

– Você se apaixonou por ele, Clara. Pensando que era uma birra infantil, você o seguiu e nos colocou nessa situação. Se tivesse admitido que gostava dele, não estaríamos presas.

– Pelo jeito você está mesmo louca – a Instintiva moveu os lábios com dificuldade.

– Não estou louca, vocês sabem muito bem.

– Clara há horas está falando consigo mesma e fica nos culpando por suas atitudes – a Emocional retrucou.

– Não é possível se dividir em três corpos diferentes; só uma idiota para acreditar nisso. – Mal acabou de falar, a Instintiva desmoronou no chão. Uma bolha de luz surgiu ao redor dela e, em um piscar de olhos, transformou-se em uma gigantesca Centelha Elétrica que a envolveu.

A Lava Prateada subia pelo corpo da Emocional e foi tomando seu tronco, braços e pescoço.

– Pare, Clara! É vocês que está fazendo isso. Se você não nos queria aqui, por que nos tirou da sua cabeça? Estávamos muito bem lá – ela choramingou.

Quando todo o corpo da Emocional estava banhado pela Lava Prateada, ela parou de se mexer; transformando-se em uma estátua. Só os olhinhos assustados mantinham a vida. Suas íris zanzavam, correndo de um lado para o outro como se pedissem ajuda.

Nesse momento, Clara sentiu um gelo na espinha que veio seguido do estremecer completo do seu corpo. A imagem do carro, com Clara na direção e a Emocional e a Instintiva como passageiras, dominou-lhe a mente. E agora? Como conseguiria isso?

CAPÍTULO 33

Clara não sabia por onde começar. A Emocional continuava paralisada no canto feito uma estátua de prata. Não fossem os olhos curiosos acompanhando os movimentos ao redor, diria que se tratava de uma peça de museu. De repente, os olhos dela se encheram de lágrimas e o choro inundou a face derretendo a lava da boca.

– Clara... lembra a dor e o vazio no peito? Piorou. – Lágrimas escorriam, limpando a cor prateada da bochecha. – Não quero mais nada, chega! Só quero ficar quietinha... assim... quietinha... – A face se paralisou e, dessa vez, os olhos também.

A Instintiva não estava muito melhor. Continuava presa dentro da Centelha Elétrica. Se, antes, Clara estava bem certa quanto à sua sanidade, agora não mais; entretanto, isso não importava. Se estivesse mesmo louca o jeito seria enfrentar a própria mente que lhe pregava peças. Fantasia ou realidade, precisava escolher. Louca ou não, de uma coisa tinha certeza: não queria permanecer no Labirinto de Cristal com o Anjo da Morte. Então, a única saída seria escolher uma das duas opções: acreditar que estava sã ou assumir, de uma vez, a loucura.

O anjo tossiu.

– Vai demorar? Tenho mais o que fazer.

– Ei, grandão! Você acredita em mim? – Clara se aproximou dele.

O Anjo da Morte pendeu a cabeça para o lado, fitando-a.

– Não costumo acreditar em malucos.

— Pois eu acredito em você. Acredito que você existe e no poder que tem sobre mim. Isso quer dizer que vou lutar até o fim. Se você for de verdade, vou te vencer. Se for uma fantasia, também vou.

— Olha, mocinha... aproveite que você ainda tem escolha. Deixe as duas parasitas aí e volte por onde veio.

— Já me decidi. Vou vencer você ou não me chamo Clara.

Até mesmo ela assustou-se com sua entonação: um jeito decidido, embora tranquilo. Estava muito certa quanto ao que desejava fazer e em que preferia acreditar.

"Vou vencer o Anjo da Morte e sair daqui! E não vou fazer isso só por mim, vou fazer pela Emocional e pela Instintiva. Elas existem, sim. Não vou mais ignorá-las."

As mãos de Clara começaram a produzir uma série de fios elétricos até que formaram de novo a corda eletrificada.

— E por acaso você vai me vencer com um mísero Chicote Elétrico? Melhor recorrer às suas comparsas. O poder que se manifestou nelas é bem mais interessante.

— Ué, monstro! Então, você também acredita que elas são de verdade? Pelo menos concordamos em alguma coisa.

— Concordar não é uma palavra que conste no meu dicionário.

— E anjos têm dicionário?

— Os comuns, não. Apenas os Anjos da Morte. Acredite ou não.

— Eu acredito. Acredito que seu melhor trunfo é me fazer acreditar que você não existe, que elas não existem e que tudo não passa de um surto.

— Eu não disse isso em momento algum.

— Está vendo? O problema não está naquilo que dizemos, mas naquilo que escondemos. Era isso o que a Emocional tentava me dizer quando falou da minha birra infantil que me fez seguir o Felipe.

Um estalo, seguido de um chiado crescente, puxou sua atenção. Ela baixou os olhos, encontrando o Chicote Elétrico mais brilhante do que nunca. Ele soltava pequenos raios e estalidos acompanhavam as pequenas descargas elétricas. Clara girou o braço, fazendo o chicote mover-se em círculos acima de sua cabeça. Então, o percurso marcou um círculo no ar e a Marca da Estrela surgiu no centro dele. Clara estava encantada com o fato da mesma imagem em seu pulso aparecer tão evidente no desenho feito pelo chicote. Um estrondo fez o corpo dela dar um espasmo para trás.

O chicote caiu da sua mão e, ao tocar o chão, desapareceu.

— Porcaria. Agora que eu quero, ele some? — Chacoalhou a mão. — Volte! Volte!

Inesperadamente, uma luz surgiu vinda das suas costas e, passando sobre sua cabeça, cruzou o ar em direção ao Anjo da Morte. Era uma Centelha Elétrica que o atingiu no ombro de raspão. Veio seguida por outras duas. Ambas atingiram o monstro, detonando o ombro e o braço dele.

— Que mocinha mal-educada, hein!

— E eu, por acaso, tenho cara de mocinha? Mira, mas me erra.

"Instintiva?"

A voz atrás de Clara a surpreendeu. A Instintiva, agora com o rosto mais vermelho do que nunca, deu um tapa na testa de Clara.

— Iria me deixar presa por muito mais tempo, sua tonta? — ela disse, manipulando uma Centelha Elétrica que pairava sobre sua mão.

— Como você conseguiu...?

— Tome essa, seu monstro. — a Instintiva lançou a Centelha Elétrica contra o Anjo da Morte e espatifou a cabeça dele, fazendo voar cinzas por todos os lados.

— Ponto para mim! — comemorou. — O que você perguntou? — ela disse, virando-se para Clara.

— Deixe para lá. Manda ver, destrói o monstro antes que ele se restaure.

— Você manda!

A Instintiva criou inúmeras Centelhas Elétricas que pairavam no ar a sua frente. Apertou-as umas contra as outras até que elas começaram a se juntar, moldando-se em uma esfera muito maior. Planando no ar, obedeciam aos movimentos das mãos dela, lançando a esfera para o alto. Em seguida, ela deu um tapa no ar, atirando a grande centelha contra o anjo. Dessa vez, o ataque conseguiu arrebentá-lo da cintura para cima. Contudo, uma sombra muito negra logo tomou o lugar do corpo arrebentado do monstro e, então, se solidificou em cinzas, voltando a compô-lo perfeitamente.

— Ai, ai, ai, mocinha. — O monstro lançou para Clara um olhar de reprovação. — Precisava fazer assim? Vamos entrar em um acordo. O que é que vocês querem? Me digam.

Quando Clara foi responder, uma voz se adiantou.

— De você não queremos nada! – a voz rouca, porém confiante, se intrometeu.

— Emocional?

A cópia de tranças mantinha os cabelos transmutados em Lava Prateada; e, ainda que uma ou outra gota pingasse no chão, não mais escorriam como uma torneira quebrada ou cobriam seu corpo por completo.

— Pensando bem... – a Emocional continuou. – Queremos, sim. Limpe essa sua boca suja antes de falar da minha mãe – concluiu, aproximando-se de Clara e da Instintiva. – Isso ainda estava entalado na minha garganta. Vamos ou não vamos chutar o bumbum desse monstro? – Ela passou as mãos no cabelo e, retirando um punhado de Lava, atirou o líquido pegajoso contra ele. Sua força foi pouca, mas a lava se solidificou ao atingir os pés do monstro.

— Achou mesmo que fosse lutar sozinha, sua louca? – a Emocional questionou.

O sangue de Clara ferveu na hora.

— Não me chame de... – Ela parou de súbito. E, observando o Duplo, foi arrebatada pela mesma imagem tão recorrente: ela no volante do carro e as duas como passageiras. Mas, dessa vez, foi diferente. O banco da frente do carro estava mais comprido e cabiam três pessoas. O volante ficava no centro e, sim, Clara estava à frente dele. Entretanto, as duas cópias estavam bem mais perto do que tinha imaginado das outras vezes; e, melhor, estavam no mesmo banco, uma de cada lado.

"Como pude ignorá-las por tanto tempo?"

— Não te chamar de louca? – a voz da Instintiva rompeu os pensamentos de Clara.

— Isso não importa mais. Como vocês se libertaram?

— Se alguém precisa que você acredite em si mesma, somos nós.

— É agora – a Emocional gritou de forma muito decidida, colocando-se ao lado direito de Clara.

— Ou nunca – a Instintiva completou, colocando-se à esquerda.

Pela primeira vez, Clara assistia à imagem do carro tornar-se real. A Emocional atirou um jato de Lava Prateada sobre o Anjo da Morte, cobrindo-o. A gosma se solidificou, deixando-o paralisado como uma estátua. A Instintiva moldava uma Centelha Elétrica. Apertou tanto que a esfera ficou em um tom azul-escuro. Ela mirou no Anjo da Morte e atirou, atingindo-o em cheio.

CAPÍTULO 33

O monstro explodiu em milhares de pedacinhos. Muitos rolaram pelo chão e outros se espatifaram ao chocar-se contra as paredes. Espalharam Lava Prateada sólida, areia negra e cinzas por todos os lados.

Do nada, uma rajada de ar varreu os destroços do Anjo. Os pedacinhos correram pelo piso de cristal e logo giravam levados pelo vento. Foram se unindo e aumentando de tamanho até que, em poucos segundos, o Anjo da Morte estava de volta.

— Assim ficou chato – o anjo resmungou. – Muito, muito, muito chato mesmo. Eu fui legal o tempo todo. – A voz do Anjo da Morte se elevou sílaba a sílaba. – Eu gastei minha simpatia com você!

Um amontoado de Lava Prateada atingiu o rosto do Anjo da Morte bem em cheio e começou a escorrer.

— Fuja, Clara! – a Emocional gritou ao mesmo tempo em que se apressava em direção aos escombros da gaiola de gelo.

Clara sequer pensou. Saiu correndo para onde a Emocional indicava.

— Vida de anjo não é fácil – rugiu.

O vento gerado pelo rugido bateu nas costas de Clara e, por sorte, a empurrou para frente, ajudando sua velocidade a aumentar. De dentro das ruínas da gaiola de gelo, uma grande Centelha Elétrica voou, passando por cima da cabeça da Emocional e, depois, por cima de Clara que corria bem atrás dela. Olhou por cima do ombro bem a tempo de presenciar o Anjo da Morte sendo atingido e caindo para trás.

A Emocional parou logo antes de entrar nos escombros da gaiola e, juntando Lava Prateada, atirou montes e montes de gosma que banharam o monstro, escorrendo também pelo chão. Atravessaram os pedaços ainda existentes das barras de gelo que compunham a gaiola, juntando-se à Instintiva. Por entre os escombros, Clara assistiu ao Anjo da Morte transmutar-se em sombra. Pairou por cima da lava prateada, avançando em direção à Clara e ao Duplo.

— O que a gente faz? – a Emocional disse.

— Enfrenta – a Instintiva respondeu.

Percebendo o anjo se aproximar bem mais rápido do que gostaria, Clara deu a ordem:

— Vamos juntas! E prometo que nunca mais vou ignorar as vontades de vocês.

— É isso aí, garota. Agora entendeu o que nos liberta? – a Instintiva finalizou com uma piscadinha.

O Chicote Elétrico surgiu, imediatamente, na mão de Clara – que o lançou para o alto, girando-o. Criou-se um arco ao redor delas que foi crescendo até que ficou eletrificado e atingiu o restante das barras de gelo, explodindo-as. Mas, em vez de caírem no chão, as lascas seguiram o giro do chicote e se uniram, formando uma cúpula de gelo transparente ao redor delas. A Marca da Estrela voltou a aparecer no centro do giro do chicote.

Imediatamente, o Anjo da Morte – que ainda tinha silhueta humana e asas, mas agora se apresentava como sombra – bateu contra a cúpula. Ao contrário do que Clara esperava, em vez da camada de gelo que as protegia se quebrar, quem explodiu foi o anjo, virando uma fumaça negra que tomou o ambiente e diminuiu a luz até que tudo ficou em penumbra.

No susto, Clara baixou o braço, parando de girar o Chicote Elétrico. Ele caiu no chão, porém a cúpula se manteve intacta. Por ora estavam protegidas. Pancadas ecoaram ao mesmo tempo em que a cúpula estremeceu.

– Está bem, pode sair. Eu te deixo passar, mas você tem que parar de me agredir – a voz do Anjo da Morte soou como se ele estivesse dentro da cúpula.

– Hum... – resmungou a Instintiva. – Se você acreditar nisso, terei certeza de que surtou.

– Vou ter que concordar... *maluquinha da cabeça*. – a Emocional disse.

– Eu? Vocês é que me deixam doida, isso sim. Uma hora dizem que estou louca, outra dizem que não. Talvez eu tenha ficado doida depois que vocês apareceram.

– Mas se temos a mesma memória, não quer dizer que já estávamos aí dentro? E se sempre estivemos com você, não quer dizer, então, que você já nasceu doida?

– A Emocional tem razão – a Instintiva disse. – Não existimos fisicamente, sua tonta, somos parte de você. Quer dizer que não existimos sem você, então, pare de nos separar – a Instintiva completou.

– Você não ouve o que fala? – A Emocional colocou as mãos na cintura, cheia de razão.

– Vocês estão me confundindo! – Clara protestou.

– Só nos separamos quando você nega que existimos, quando você nega a Emocional e quando nega a mim.

– Eu já disse que não vou mais ignorá-las.

– Não é só isso. Precisa nos entender e respeitar.

— Isso mesmo. — A Emocional fazia bico, mostrando-se ofendida.

Só faltava essa: as duas concordando. E o pior é que estavam certas. No entanto, Clara não confessaria isso nem para si mesma. A Emocional e a Instintiva começaram a esmaecer. Seus corpos se juntaram e transmutaram-se em uma única silhueta humana cheia de pequeninos pontos de luz coloridos que brilhavam forte. Então, resplandeceu mais e mais até que, de súbito, desapareceu. Clara entendeu que estava no volante do carro, e o Duplo a apoiava, sabia disso. Era esse apoio que a fazia ter certeza de que estava em "equilíbrio" com as diferentes partes de sua personalidade.

CAPÍTULO 34

Clara não pôde acreditar em seus olhos quando a cúpula criada pelo Chicote Elétrico começou a trincar. Pequenas lascas despencavam até que a cobertura arrebentou e um vento muito forte lançou os escombros pelo ar, criando um redemoinho. Por mais que quisesse sair correndo dali, não se mexeu. Então, um barulho ensurdecedor invadiu o lugar e uma luz intensa tomou conta de tudo. Veio o silêncio.

Clara percebeu-se sozinha no Labirinto de Cristal. Tudo estava luminoso e limpo como se nada tivesse acontecido desde que chegara ali. Não existiam indícios nem da presença de Tobias e, muito menos, do Anjo da Morte. O que estaria acontecendo?

Um estrondo a deixou em estado de alerta. Logo em seguida, um bater ritmado começou a se aproximar. Tal qual placas despencando no chão, o barulho vinha rápido. Após uma última batida, o som de vidro sendo estilhaçado fez o coração de Clara vir à boca.

A parede de vidro fosco, bem à sua frente, tombou para trás, revelando uma imensidão negra. E não parou por aí. Uma após a outra, as paredes laterais também desabaram para fora, deixando Clara sobre uma enorme placa de vidro translúcido rodeada de escuridão por todos os lados.

Ao fundo, vozes começaram uma cantoria que logo foi acompanhada por palmas ritmadas. Então, a melodia leve e tranquilizante foi baixando, mas logo retornou com toda a força; e, assim como na largada do Desafio, iniciaram uma contagem regressiva.

– Dez... nove... oito...

"E agora? Essa contagem regressiva significava o quê?"

– Sete... seis... cinco...

"Fui a primeira a chegar? A última...?"

– Quatro...

"Ou me descobriram?"

– Três...

"Felipe me entregou? Ou foi a Marina?"

– Dois... um...

"Bruno?"

– Vai!

"Vai? Para onde?", Clara perguntou-se.

O vozerio explodiu em palmas, gritos e assobios se assemelhando a uma enorme comemoração. Um impulso violento atingiu Clara pelas costas, fazendo-a rolar pelo chão. Virou-se rápido.

– Tobias?

– Quer dizer que a baixinha venceu o Anjo da Morte antes de mim?

– O que fazemos aqui?

– Estamos no centro do Labirinto de Cristal. Ora, ora... não era isso o que a Simples Mortal queria?

– Então somos os primeiros?

– Sim. Por incrível que pareça – Tobias disse, atirando um jato d'água no rosto dela.

– Idiota! – Clara resmungou, enquanto se enxugava com a manga do uniforme. Apoiou-se no chão para se levantar e mais um jato a atingiu. Sua mão deslizou e ela perdeu o equilíbrio. Tombou para o lado bem a tempo de ver Tobias atacá-la novamente. A água vinha com tanta força que empurrou seu corpo para trás, dificultando qualquer defesa.

Risadas ecoaram. Parecia o mesmo vozerio da contagem regressiva, mas agora soava como um coro de zombaria.

Clara já se colocava de pé quando um forte jato d'água a atingiu nas pernas e lhe passou uma rasteira. Outro tombo e, dessa vez, bateu forte as costas no chão.

O coro de vozes voltou a rir. Ela não entendia por que essa sonorização com risadas e chacotas, mas acreditou ser parte do Desafio.

CAPÍTULO 34

Tobias ergueu os braços como se comemorasse sua vitória em um ringue de boxe. Exibia-se feito um pavão. Aquele jeito de "sou o vencedor" irritava Clara mais do que o complexo de superioridade da rainha do gelo.

Clara aproveitou que ele não a observava e tentou se levantar. O piso molhado e escorregadio não ajudava muito; assim, procurou apoiar os pés nos espaços secos que ainda sobravam entre as poças.

Nesse momento, Tobias estufou o peito e soprou. Clara visualizou direitinho a cena do "lobo soprando a casa dos porquinhos"; mas, diferente deles, ela não tinha parede alguma que a defendesse.

O vento frio pareceu congelar as poças d'água ao redor de Clara e, quando atingiu seu corpo, bem na altura do peito, empurrou-a para trás. Ela tentou manter o equilíbrio, mas a junção de água, gelo e vidro só fizeram agilizar a queda. Desabou mais uma vez e as risadas do vozerio tomaram o ambiente por completo. Nunca na vida se sentira tão ridícula.

– Parem com isso, seus imbecis! – ela gritou em um desabafo bem ao estilo da Instintiva.

Para piorar, o desaforado do Tobias definitivamente não tinha dúvidas de que se encontrava em um ringue. Mais uma vez, ergueu os braços comemorando o golpe de sorte e as vozes o aclamaram.

Clara ajeitou-se o mais rápido que conseguiu e se colocou de pé. A mão dela começou a formigar e não teve dúvidas quanto ao que isso resultaria: uma Centelha Elétrica. Abriu e fechou a mão bem rápido. Foram segundos até que tivesse com o que se defender. Atirou a esfera eletrificada em Tobias, o atingindo na nuca. A centelha explodiu, lançando Tobias contra uma poça d'água que ele mesmo criara. Ele desabou no chão, encharcando-se todo.

As risadas eclodiram e, dessa vez, Clara adorou ouvi-las.

Tobias se levantou e, na mesma hora, uma fumaça começou a sair do corpo dele.

– Viu só, Simples Mortal? Já estou seco. E você? Está com frio?

Se um dia ela pensara que Felipe era o garoto mais insuportável do mundo, era porque ainda não conhecia Tobias. Clara não via outra saída senão atacar. Criou uma Centelha Elétrica e a lançou contra ele. Muito rápido, criou outra e a jogou também. De repente, gerava e lançava uma Centelha Elétrica atrás da outra.

Tobias saltitava fugindo das explosões geradas pelas centelhas. Deu um salto e parou no ar, desobedecendo à gravidade – como Marina já havia feito antes. Deu um giro completo e, com um gesto forte – como se empurrasse um grande objeto com as duas mãos –, atirou lanças de gelo contra Clara, caindo no chão, de pé, feito um gato ágil.

Ela fugiu do ataque movendo-se tão rápido que nem acreditou. Parecia prever onde as lanças de gelo passariam e desviou com cuidado. Clara curtia a sensação de dominar os ataques até que seus cabelos se transmutaram em Lava Prateada, que começou a pingar no chão, acumulando-se sobre seus pés. Quanto mais tentava se afastar do líquido viscoso, mais parecia que qualquer movimento fazia a lava grudar. Os cabelos não paravam de escorrer, deixando as pernas presas como se a gosma colasse no uniforme e fizesse força para baixo. Clara bateu as mãos nos pedaços de lava e percebeu que eles estavam endurecendo.

Tobias fitava Clara como se a medisse da cabeça aos pés.

– Parabéns, baixinha, nem terei que fazer nada para te vencer. Pensando bem, vou fazer sim – ele disse, empunhando as mãos em direção a ela. Depois, lançou um jato d'água direto na Lava Prateada que endureceu mais, apertando as pernas de Clara.

A substância viscosa lhe contornava o corpo dos pés à cintura, fazendo-a parecer uma escultura de prata. Foi quando se lembrou da Emocional lutando contra o Anjo da Morte. Passou as mãos no cabelo, juntando uma porção de Lava Prateada. Mirou as pernas de Tobias e atirou. Repetiu o movimento várias vezes acumulando um bom tanto de gosma sobre as pernas dele, mas ainda era pouco. Precisaria ter muitas mãos para lançar uma quantidade capaz de prendê-lo. Nesse momento, um calafrio espalhou uma sensação de amortecimento em todo o corpo de Clara e seu cabelo se movimentou sozinho. Os fios, transmutados em Lava Prateada, se juntaram formando algo como uma tromba de elefante. Um jato do líquido viscoso saiu do cabelo e foi direto para Tobias, cobrindo-o do pescoço para baixo.

Ele olhava o próprio corpo como se não acreditasse.

– Agora você me paga, sua Simples Mortal!

O garoto começou a verter água como se seu corpo fosse uma fonte, escorrendo por todo o piso em uma velocidade surpreendente. Mas, quando chegou ao fim da placa sobre a qual estavam, em vez de vazar para fora do vidro, a água se acumulou como se existissem paredes invisíveis e começou a subir.

CAPÍTULO 34

– Tobias! – Clara gritou. – Para de inundar tudo.

– Ué, Simples Mortal, agora não quer mais brincar?

O corpo de Clara esquentou e ela teve a impressão de ver uma faísca brilhar à sua frente. Fez o movimento para pegá-la, mas a faísca passou direto por seus dedos. Então, uma fagulha surgiu na palma da sua mão e, de um segundo para o outro, raios brotavam. Logo o Chicote Elétrico se formou.

– Tobias, pare de soltar água! O chicote pode nos eletrocutar.

– O Chicote Elétrico é seu poder ativo? Bruno é bom mesmo. Ele te concedeu o Sopro certo, assim será mais fácil acabar com você.

– Pare com a água, você também vai se machucar.

– Não vou porque eu sei como me proteger. E você? Sabe?

– Tobias, por favor! Eu só quero sair daqui.

– Você não vai me vencer.

– Vamos morrer os dois! – ela protestou.

– Me solta e eu paro com a água.

– Se eu pudesse controlar esse poder, eu te soltaria, mas não consigo. – Clara enrolou o chicote na mão e o ergueu, afastando-o da água que já chegava à sua cintura. – Tobias!

– Você não vai me vencer, Simples Mortal. Passamos por uma seleção rigorosa para nos tornarmos Ativos e você acha que pode entrar e sair a hora que quiser? Típico de uma Simples Mortal.

O corpo de Clara começou a tremer e o coração a palpitar. Ela erguia o chicote o quanto podia, mas a água estava subindo rápido demais. Logo chegou ao queixo e à boca, ameaçando afogá-la.

– Tobias, deixa de ser imbecil, só quero ir embora. – Clara já não conseguia falar sem engolir água.

– Que pena, baixinha. Tchau! Ah... foi um desprazer.

A água subiu além das narinas de Clara e não havia mais nada que ela pudesse fazer para evitar que chegasse também ao chicote. No exato instante em que o líquido envolveu a mão segurando o objeto e o tocou, Clara foi surpreendida por um choque elétrico na palma da mão seguido por um formigar que correu até os pés. O Chicote Elétrico parecia ter se transformado em brasa e queimava a pele dela. O último movimento que seu corpo obedeceu foi o espasmo de soltá-lo. Depois relaxou e tudo escureceu.

CAPÍTULO 35

Clara puxou o fôlego na ânsia de quem não respirava há algum tempo. O ar entrou queimando desde as narinas até o pulmão. Encontrava-se sozinha sobre a placa de vidro translúcido rodeada de escuridão por todos os lados. Ainda estava no centro do Labirinto de Cristal e isso era uma ótima notícia; entretanto, nem sinal de Tobias, água ou resto de lava. Se não fosse a mão latejando devido à queimadura, diria que o encontro com Tobias – e os dois terem sido eletrocutados – não passava de um sonho.

Nesse instante, pequenos pontos de luz foram aparecendo até constituírem uma silhueta humana. Em um piscar de olhos, uma pessoa se materializou. Com receio do que encontraria, Clara subiu os olhos devagar. Deparou-se com um coturno preto batendo na barra suja de uma calça jeans surrada. Identificando as longas pernas, teve a impressão de que logo encontraria o garoto moreno e alto responsável por sua paixonite.

Felipe olhou ao redor e, encontrando Clara, pareceu estranhar.

– Como eu vim parar aqui?

– E eu é que sei? – ela resmungou enquanto se levantava. – Também não entendo nada do que acontece nesse lugar.

– Hum… – ele olhava Clara com curiosidade. – Lembro-me de você. A garota doidinha que, lá no jardim do Arquivo Cósmico, achou que me conhecia.

– Achou? – Ela parou por um segundo e colocou as mãos na cintura, indignada. – Como achou? Eu te conheço e você me conhece muito bem! Sei que não estou louca. E pode dizer: lou-ca! Não estou louca, não, senhor! Não adianta tentar me confundir.

— Desculpe, mas não te conheço. — A fisionomia dele transparecia sinceridade.

O estômago de Clara foi invadido por uma onda de frio e, então, borboletas o tomaram por completo. Só poderia ser a Emocional se pronunciando. E ela deixou. Sabia bem o que sentia e não mentiria para si mesma novamente.

Correu até Felipe e, sem se importar se ele a reconhecia ou não, jogou-se em seus braços. Assim que ele a amparou, ela o abraçou. Sentia-se protegida e era isso o que importava de verdade. Do nada, Clara tascou um beijo em Felipe. Ele correspondeu. Era um momento mais do que *Eureca!*, era algo surpreendentemente novo. Afastou-se devagar, morrendo de vergonha da sua atitude quando viu que ele a contemplava com olhos melosos e um meio sorriso no rosto.

— Está maluca, patricinha? Você me beijou. — As bochechas dele ficaram vermelhas.

— É... eu... hein? Você se lembra de mim? — Os olhos dela fugiram, tentando desconversar.

— E por que não lembraria?

— Idiota! — Ela deu um empurrão nele. — Sabia que você estava me enganando. Por que você fez isso?

— Isso o quê? Eu não fiz nada. Nem sei como cheguei aqui! A última coisa que me lembro é do seu Duplo se engalfinhando e você se metendo no meio. Depois, elas te empurraram e você voou para cima das mesas de estudos, derrubando tudo. Foi quando a Emocional e a Instintiva voltaram para dentro de você. Depois não te encontrei mais.

— Você não se lembra de me ver do lado de fora do Arquivo Cósmico?

— Não.

— Você perdeu um bocado de coisas.

— Depois que o Duplo voltou para dentro de você, não me lembro de mais nada.

— Por mais que eu me lembre de tudo, ainda não sei como sair daqui.

— E não descobriu mais nada que possa nos interessar?

— Isso eu descobri.

— Ótimo! O quê?

— Descobri que eu gosto de você.

CAPÍTULO 35

– Co-mo?

Clara respirou fundo, tomando coragem.

– Estou apaixonada por você, Felipe. Pronto, falei!

Ele sorriu e fez menção de dizer algo, mas foi interrompido por um coro de vozes. Parecia o mesmo da contagem regressiva, mas agora entoavam um canto em algum idioma que Clara desconhecia. Logo surgiram palmas ritmadas e o som foi aumentando de volume até terminar em aplausos, assobios e aclamação.

Ao redor da placa de vidro, onde antes era só escuridão, apareceu uma luz bem fraca que, aos poucos, foi aumentando até revelar uma gigantesca arquibancada repleta de pessoas. Ao certo, as responsáveis por toda a comemoração. Era evidente que Clara e Felipe encontravam-se no centro de uma arena. De súbito, o barulho cessou. Foi quando Clara se deu conta de que a Mestra Vanessa Biena estava ao seu lado.

– Se não me engano, e eu não costumo me enganar, eu já vi você antes – a mulher pronunciou a frase, olhando fundo nos olhos de Clara.

– Fique atrás de mim, patricinha – Felipe gritou, colocando-se entre ela e Vanessa.

"Que atitude heroica era aquela? Estou maluquinha da cabeça ou Felipe está me protegendo com o próprio corpo?"

Felipe segurava Clara atrás dele com um dos braços e mantinha o outro levantado, protegendo-a.

– Ela não tem culpa! Fui eu! Fui eu!

– Não tem por que temer, Felipe – Vanessa falou sem parecer preocupada com a atitude dele.

– Já disse, Vanessa. A culpa é minha, deixe a Clara fora disso.

– Felipe, pare! – a mulher levantou a voz.

– Se chegar perto dela de novo, eu esqueço que você é uma senhora e parto para cima. Ninguém vai fazer mal à Clara.

– Não farei mal a ela ou a você, contudo, ambos terão o mesmo destino.

– A culpa é minha. Ela não fez nada de errado, fui eu quem a trouxe.

Eureca! Era um momento *Eureca!* O garoto insuportável se comportando assim só poderia indicar uma coisa: "Felipe gosta de mim. Ele gosta de mim!" Clara disse apenas em pensamento, mas sabia muito bem que se comunicava com a Emocional e com a Instintiva. Seu coração saltitou e o estômago foi invadido pelo bater de asas de um milhão de borboletas. Sim, era a Emocional; e, sim, era a Clara também. Até a Instintiva reconhecia a verdade dos fatos.

Nesse momento, Vanessa abriu os braços em um movimento amplo e, em seguida, os juntou no centro do peito. Depois, virou as palmas das mãos para a arquibancada e, deslizando-as no ar, apontou para toda a extensão circular que a arquibancada ocupava. Em segundos, todas as pessoas ao redor da arena se transmutaram em milhares de pontos de luz, depois se desmaterializaram, sobrando somente uma penumbra.

Então, Vanessa se aproximou e tocou a testa de Felipe.

Na hora, ele se afastou e parou, mantendo o olhar fixo ao longe.

– O que você fez com ele? – Clara chacoalhou Felipe de leve. – Ei! Tudo bem? – disse, estalando os dedos. – Acorde! Tem alguém aí? – E, voltando-se para Vanessa, a enfrentou. – O que fez com ele, sua bruxa!

– Acalme-se, minha querida. Você está dentro da minha casa e entrou sem ser convidada. Baixe o tom de voz.

– O que você fez com ele? Por que ele parece um robô?

– Nesse momento, ele está congelado no tempo.

– Por quê?

– Só assim poderemos voltar a memória dele até o momento anterior àquele em que encontrou o portal. Felipe também é um intruso; mas, por mais que retiremos suas lembranças, ele sempre consegue encontrar o caminho de volta. Demora alguns meses, mas ele sempre encontra o portal.

– Isso não é certo – Clara a afrontou.

– É o jeito mais seguro.

– Devolva a memória dele!

– Não acha que já se meteu em encrencas demais por hoje, mocinha? Ele não está sentindo dor. Não está sentindo nada. Não terá sequelas e voltará em segurança para o colégio. Você também é de lá, não é?

Clara hesitou.

– É ou não é? – a mulher insistiu.

– Sou.

– Pois bem. Agora é hora de confirmarmos as acusações.

Vanessa fez um gesto como se girasse uma maçaneta e abrisse uma porta. Inúmeros pontos de luz surgiram ao lado dela e, em seguida, duas silhuetas se formaram. Uma delas era bem redondinha, inconfundível.

"Bruno", Clara deduziu logo.

A outra silhueta se materializou, apontando para Clara.

– É ela! A culpa é dela. Eu disse que você não sairia impune, meu bem. – Marina mantinha o braço estendido de modo acusatório.

Com um toque gentil, Bruno baixou o braço dela.

– Não faz assim, Marina... – E, desviando o olhar para Clara, continuou: – Desculpe. Não posso mentir, como já te disse. Eu não queria que terminasse assim. Sinto muito mesmo.

Outro lampejo veio seguido de uma porção de pontos cintilantes e, então, Tobias apareceu. Tinha os pulsos juntos e presos à frente do corpo por várias voltas de um fio vermelho escuro. Emet se materializou ao lado dele, segurando Tobias pelo ombro, que relutava em manter-se parado.

– Qualquer um iria até o limite com ela, Emet – Tobias resmungava. – Ou queriam que eu fizesse o quê? Abrisse a porta para a Simples Mortal entrar?

– Limites, Tobias, limites. Você não os conhece? – Emet estava sério.

– Paciência tem limite, Emet. Simples Mortais *devem* ter limites. Nós não precisamos deles. – Tobias puxou o ombro se desvencilhando de Emet; mas, de uma forma estranha, tropeçou em si mesmo e caiu.

Emet se curvou para ele.

– Não pense que você é especial. A única diferença é que você foi iniciado na tradição e ela não. E, pelo que vimos, ainda que sem treinamento, ela venceria você.

Emet puxou Tobias, ajudando-o a se sentar. Ele mostrou-se arredio com a ajuda. Resmungou baixo e depois ficou quieto.

– Tobias não está completamente errado. – Marina se aproximou de Vanessa. – Se não fizermos alguma coisa, esses Simples Mortais vão continuar invadindo nossos espaços.

– Não são *nossos espaços*, Marina. Apenas os protegemos – Vanessa respondeu de um jeito carinhoso, porém firme.

– Que seja. Os dois entraram onde não foram chamados. Chegou a hora de dizer adeus, Simples Mortal marmota. – Marina abanava a mão dando tchau.

Tobias se inflamou com o apoio da rainha do gelo.

– Hora de esquecer, baixinha.

– Tobias, você está suspenso – Vanessa disse.

Emet só fez um movimento afirmativo de cabeça e disse algo no ouvido de Tobias, que logo desapareceu.

– Agora vamos cuidar de vocês dois. – Vanessa juntou as mãos em um tom professoral. Dirigiu-se a Felipe e tocou-lhe a testa mais uma vez.

Felipe arregalou os olhos e, assustado, fitou a todos. Afastou-se.

– Como cheguei aqui? – E, avistando Clara, perguntou: – Você de novo? Já falei que não te conheço.

– O que foi, Felipe? De novo com isso?

– Não te conheço e nem vou com a sua cara!

– Deixe de ser troglodita. Por que você... – Clara parou por um segundo. Felipe voltara a ser o mesmo insuportável de sempre e nem parecia o garoto que a defendera há pouco tempo. Foi quando um momento *Eureca!* despencou na cabeça dela. Vanessa disse que Felipe era um intruso, assim como Clara. E que já haviam retirado as lembranças dele outras vezes, mas ele sempre encontrava o portal novamente. – Então, o fato de ele não me reconhecer é culpa *sua*! – Clara apontou Vanessa com impetuosidade. – É culpa sua ele sempre agir como se não conhecesse ou se importasse com os outros. Por isso ele é tão antissocial.

– Tudo vai ficar bem, minha querida. – A mulher conservava a fisionomia serena. – Vou retroceder até o momento certo: antes de Felipe encontrar o portal. Apenas isso. Um momento.

Vanessa aproximava a mão da testa de Felipe quando as borboletas voltaram a bater asas dentro do estômago de Clara. Elas a impulsionaram ao inesperado. Adiantou-se e, passando por baixo do braço da mulher – que já estava quase encostando em Felipe –, aproximou-se e o beijou. Foi um ato não pensado, mas foi tudo o que teve vontade de fazer. E fez. Como da outra vez, Felipe correspondeu ao beijo. Quando se afastaram, fitaram-se mutuamente. As bochechas dele estavam vermelhas e um meio sorriso surgiu.

– Está maluca, patricinha? Você me beijou – ele sussurrou.

– Você sabe quem sou eu?

– Sim. Estava te procurando desde que voou por cima das mesas de estudo. Mas... Felipe coçou a cabeça. – Não me lembro de muita coisa.

– O importante é que você se lembra de mim!

– Como eu poderia me esquecer?

Sorriram um para o outro.

CAPÍTULO 35

De repente, Vanessa se colocou entre eles e, com o braço, os afastou como quem conduzia a duas crianças. Tocou a testa de Felipe e ele voltou a ficar em uma espécie de transe.

– Amanhã ele não se lembrará de nada. – Vanessa dizia aquilo como se fosse a melhor coisa do mundo.

– Ele não vai se lembrar de mim! Devolva a memória dele! – Clara exigiu.

– Ele vai se lembrar, sim. Vai se lembrar da colega de classe do colégio. – A mulher se aproximou e falou com delicadeza. – Ele já teve a memória apagada outras vezes, não se preocupe.

"Não me preocupar? Felipe não era um antipático ou mal-educado; mas, sim, uma vítima daquelas pessoas. E eu achando que ele era um idiota. Coitado. Não posso deixar que tirem as recordações dele. Ele precisa lembrar que gosta de mim. Precisa!"

– Agora é sua vez. – A voz da mulher tirou Clara de seus pensamentos.

– Minha? – Clara afastou o rosto no susto. Não sabia se tinha visto a mulher aproximando a mão de sua testa ou se tinha sentido que isso iria acontecer. Mas afastou na hora exata em que ela a tocaria, apagando suas lembranças.

– Não precisa ter medo, Clara – Vanessa disse, aproximando a mão do rosto de Clara. – Logo você estará em casa, sã e salva.

Era o que Clara queria desde o começo, mas esquecer tudo, tudinho mesmo, não estava em seus planos. Conhecer a Emocional e a Instintiva fora a melhor coisa que acontecera em sua vida e ela não queria voltar a viver ignorando as duas.

Em um ímpeto, ela segurou o pulso da mulher.

– Não quero esquecer!

CAPÍTULO 36

A frase "não quero esquecer!" escapuliu da boca de Clara e agora ela não sabia o que esperar. Emet e Vanessa apresentavam feições sérias, porém, olhares bondosos. Eram fisionomias difíceis de desvendar e Clara tinha receio de observá-los e ser repreendida.

– Repete, simples marmota. – Marina se aproximou tão rápido que pareceu deslizar sobre o chão de vidro. Vinha puxando Bruno pela manga da camiseta como se fosse sua dona. – Você não quer "o quê"? – Marina soltou Bruno, que só ajeitou a camiseta amarrotada e manteve os olhos baixos. – Olhe o que você fez, Bruno. Ela quer lembrar! – Ela dizia isso como se fosse o maior dos absurdos.

Clara não tinha dúvidas: apagar sua memória era o mesmo que apagar um pedaço de si. Ao contrário do que queria antes – continuar sendo a Clara de sempre –, agora queria ser a Clara de hoje. Manter o que tinha entre ela, a Emocional e a Instintiva. Como poderia permitir que lhe apagassem a memória da convivência com Felipe, da briga com Marina, da amizade com Bruno e, até, do ódio gratuito de Tobias?

– Eu não quero esquecer! – Clara repetiu, fazendo questão de dizer bem alto para que todos ouvissem.

– Aí está. – Marina apontou Clara como a uma aberração. – Quando protegemos demais esses Simples Mortais, é isso o que acontece. Ficam cheios de vontades.

– Vanessa, por favor – Clara disse, buscando os olhos da mulher. – Eu quero me lembrar!

Marina puxou Clara, virando-a de frente para ela. Clara cruzou os braços, afirmando seu desconforto.

— A *simples marmota* entra aqui escondida e ainda se acha no direito de querer alguma coisa?

— Não foi minha culpa. Se eu imaginasse que seguir o Felipe daria nisso, não o teria seguido.

Marina elevou a voz.

— Ela mentiu para você, Vanessa! Fingiu que era uma de nós e ainda roubou o meu anel.

— Não, senhora! Não menti. Eu nunca disse que era uma aluna.

Vanessa perdeu o olhar para o lado oposto ao de Clara, Marina e Bruno; mas, em seguida, retornou.

— Se bem me lembro, e eu não costumo me esquecer, fui eu quem deduziu que uma garota da sua idade perdida no Arquivo Cósmico só poderia ser um Ativo do primeiro ano. E, depois, o Sopro que Bruno lhe concedeu também te ajudou a não mentir. Nós só vimos o que ele queria. E, pelo que conheço desse garoto, ele queria que víssemos a sua verdade. Foi o que vi. Mas uma coisa não posso negar: você entrou aqui sem ser convidada.

— Eu fui carregada pela água. Não foi escolha minha.

— Sim, foi escolha sua — a mulher disse.

— Não foi, não. Eu fui carregada pela água, já disse!

Vanessa espalmou a mão em um gesto bem óbvio: era para Clara parar de falar.

— Em todo o mundo só há um portal que traz ao Arquivo Cósmico: a fonte no jardim do seu colégio. Somente aquelas águas permitem o acesso à toda a sabedoria do mundo. Se a água te trouxe, é porque reconheceu seu verdadeiro desejo. — Vanessa fechou os olhos por alguns segundos e, quando os abriu, olhou direto para Clara. — Compreender... — ela disse, dando uma pausa. — Seu verdadeiro desejo era compreender a si mesma.

— Eu nunca quis isso.

— Quis, sim. Desejou compreender cada vez que se perguntou por que que suas amigas se interessavam por certas coisas e você por outras. Você queria saber o que acontecia de diferente dentro de você. A fonte só lhe fez o favor de permitir que descobrisse.

– Que seja. Vamos supor então que a fonte a tenha convidado. Não interessa, Vanessa. Ela roubou o meu anel. – Marina marcou as palavras com leves tapinhas no ombro de Clara.

– Eu precisava voltar para casa! Não tive escolha – ela reclamou, puxando o ombro.

– Ah, vocês, Simples Mortais. Nunca têm escolha, não é mesmo? – Marina debochou, cruzando os braços. – Assuma a responsabilidade!

– Já chega, Marina – Vanessa disse, pousando a mão no ombro da garota loira.

– Eu tenho o direito de me lembrar! Venci o Anjo da Morte, não foi? E tem mais, sua presunçosa – Clara devolveu os empurrões em Marina –, cheguei primeiro ao centro do Labirinto de Cristal.

Emet interferiu.

– E seria a vencedora do Desafio caso Tobias não tivesse ultrapassado todos os limites saudáveis. Ele deveria ter parado de verter água.

– *Eureca!* – Clara comemorou. – Eu tenho o direito de me lembrar.

Marina deu outro cutucão no ombro de Clara.

– Tobias perdeu a chance de quebrar sua cara. Se fosse eu...

Clara devolveu a malcriação:

– Se fosse você, o que, Marina? Eu, a baixinha aqui, a simples marmota venceu o Anjo da Morte antes de você, Bruno ou Tobias! E aí? Diga o que acha disso?

– Você merecia ser pulverizada! – a rainha do gelo aumentou o volume da voz.

– Não vem com essa, Marina. – Bruno a encarou. – Você sabe muito bem que a atitude do Tobias foi errada, não sabe? Ou quer que eu prove que minha habilidade é saber a verdade e a mentira? Ela te venceu, Marina. Pronto e acabou!

– Foi o Sopro! – Marina gritou. – Ela não tem habilidade. O poder se manifestou por causa do Sopro que Bruno concedeu a ela. Só isso! Foi o Sopro! – Marina foi até Clara e, segurando-a pelo pulso, a puxou. – Eu mesma vou tirar essa simples marmota daqui.

– Pare! – O tom de Vanessa foi incisivo e o alto volume da voz intimidou a todos. Com os olhos fixos na mão de Marina segurando o pulso de Clara, a mulher foi até elas. Pegou o braço de Clara e, apontando a Marca da Estrela ainda desenhada nele, falou bem devagar. – Emet, olhe.

Os olhos dele seguiram a direção dos olhos de Vanessa. Emet arqueou as sobrancelhas em sinal de estranhamento.

— A Marca da Estrela? Como é possível? — Ele se mostrava surpreso.

Clara puxou o braço e o escondeu atrás do corpo.

— Só faltava essa agora. Tudo será minha culpa? Se eu soubesse sair daqui sozinha, eu sairia. Mas como? Estamos sobre uma ilha de vidro cercada de escuridão. — Ela deu uma pausa, encarando a todos. — E vocês, parem de me olhar! O que foi agora, Vanessa? — Clara mostrou a estrela no pulso. — Foi você quem colocou essa marca aqui. Agora vai me culpar por isso também?

Ninguém disse nada. E nem se mostravam aptos a isso. Era de assustar. Até Marina estava boquiaberta e tinha os olhos fixos no desenho da estrela de seis pontas marcado feito tatuagem no pulso de Clara.

— Emet... — Vanessa sorria para Clara. — Você pode resolver isso? — Ela e Emet se observaram em silêncio.

— Resolver o quê? — Clara perguntou em vão.

Emet e Vanessa se afastaram e, quando Clara deu um passo à frente indo em direção a eles, Bruno a segurou pelo braço.

— Não faça isso.

— Me deixe, Bruno. Não confio mais em você.

— Eu não posso mentir, você sabe muito bem disso. Confie em mim. Fique aqui.

— Por que Vanessa mandou Emet resolver? Resolver o quê? O que vão fazer comigo? Pensei que ele fosse assistente dela.

— Ele é um Emet, não um assistente.

— O que é um Emet?

— Os Emet são os únicos seres que concentram em si toda a sabedoria do mundo. Sendo assim, são os únicos que têm permissão e capacidade para julgar um mortal. Nenhum humano é capaz de julgar outro humano sem interferir com suas próprias crenças, vivências e conhecimentos. Apenas um Emet será capaz de avaliar se você merece ou não recordar.

— Ele? Quantos anos ele tem?

— Quantos você acha? — Bruno perguntou.

— Uns dezesseis, talvez dezessete?

— Um pouco mais. Cerca de milhões. Os Emet são imortais.

— Clara. — Emet fez um sinal para que ela se aproximasse dele e de Vanessa.

— Vá — Bruno sussurrou. — Pode confiar em mim e neles também.

Clara foi até Vanessa e Emet. Ele pegou Clara pela mão e, com delicadeza, virou o pulso dela com a estrela para cima.

— A Marca da Estrela já deveria ter desaparecido.

— Vai dizer que a culpa é minha? – ela se rebelou. — Não sei como tirar essa porcaria! – defendeu-se, esfregando a manga do uniforme sobre a marca tatuada na pele.

Vanessa colocou a mão sobre a de Clara e segurou de leve, induzindo-a a parar de esfregar.

— Não se preocupe, minha querida. Não adianta esfregar, não vai sair mais.

— Nunca mais? O que isso significa?

— Que você tem muito potencial para desenvolver suas habilidades. E venceu o Desafio por si mesma, não por causa do Sopro que Bruno lhe concedeu. — Vanessa parecia satisfeita com a conclusão. — E fez isso confiando em si mesma.

— Então isso é bom, não é? — Clara olhava Bruno esperando uma confirmação.

— É ótimo — Emet disse, colocando a mão sobre o ombro de Clara.

O gesto deixou Clara animada.

— Isso quer dizer que eu posso me lembrar?

Vanessa abriu os braços em um movimento largo e, depois, os juntou no centro do peito. Em seguida, virou as palmas das mãos para Bruno e, depois, para Marina. Em segundos, os dois se transmutaram em milhares de pontos de luz e se desmaterializaram. Emet juntou as mãos à frente e começou a falar em um tom professoral.

— Lutamos todos os dias para que os Simples Mortais possam desenvolver suas habilidades. Se nossa tradição morrer, ninguém mais saberá como treiná-los. Mas onde há luz, há sombra. Sombras influenciadoras que atacam os Simples Mortais diariamente. Elas agem sobre seus pensamentos os tornando insensíveis a qualquer outro ser vivo. Alguns deixam até de ter emoções e sentimentos, acabando por destruir tudo e todos à sua volta. Nesses ataques, elas vasculham suas mentes à procura de qualquer informação sobre a Sociedade da Luz.

— E quando encontram, destroem a mente que vasculharam. Isso é muito perigoso. A menos que seja alguém como você. — Vanessa tinha a voz acetinada.

— Como eu?

Olhando para o pulso de Clara, Emet sorriu.

— Você tem a Marca da Estrela.

— Não entendi. Vanessa a colocou no pulso de todos.

— Coloquei como uma autorização que deveria ter sumido assim que você chegou ao Labirinto de Cristal. Se continua aí, é porque você é uma Simples Mortal Pura. Nunca foi influenciada por uma sombra.

— Não consigo entender o que isso significa.

— Significa que podemos permitir que você se lembre sem correr o risco de ter a mente destruída por uma sombra qualquer. A Marca da Estrela a protegerá.

— Sério? Nem acredito! — Clara saltou no pescoço de Emet e o abraçou. — Obrigada! Obrigada! — Ela deu um beijo na bochecha dele e, percebendo que o rapaz ficou sem graça, afastou-se. — Ai... me desculpe! É proibido abraçar um ser imortal?

Vanessa riu e Emet, com um sorriso amarelo no rosto, respondeu:

— Não é proibido. Só não é comum. — Ele parecia muito sem jeito.

Em um gesto delicado, Vanessa colocou a mão no ombro de Clara.

— Mas temos uma condição — ela disse. — Que você nunca conte nada a ninguém. Nem mesmo a Felipe. Ele terá a memória apagada, assim tardará em descobrir o portal novamente.

— Não, por favor. Deixem ele se lembrar também! Ele precisa se lembrar de mim... de nós!

— Não podemos. — Vanessa foi categórica.

— Logo agora que ele ficou um cara legal! Vanessa, por favor, eu acho que ele gosta de mim. E... eu gosto dele.

— Minha querida, não podemos deixar que ele se lembre. A Marca da Estrela a protegerá, mas Felipe não é um Simples Mortal Puro. As sombras o encontrariam e seria perigoso demais. Perigoso para nós porque ele sabe onde está o portal, e ainda mais perigoso para ele, pois as sombras vasculhariam a mente dele até encontrar a localização exata do Arquivo Cósmico. Felipe apenas sofreria e sua sanidade seria afetada — a Mestra disse com certo pesar.

– E eu? Sombras vão me perseguir?

– Sempre. – Emet se expressava como se isso fosse comum. – Mas a Marca da Estrela não permitirá que nenhuma delas a machuque.

Vanessa segurou as mãos de Clara.

– Agora, diga a verdade. Você será capaz de se lembrar e nunca falar sobre isso com alguém?

Clara fez que sim com a cabeça. Vanessa mais uma vez abriu os braços em um movimento longilíneo e depois os juntou no centro do peito. Em seguida, espalmou as mãos na direção de Clara. De súbito, os olhos de Clara pesaram e ela teve uma nítida sensação de queda. O corpo pousou de leve no ar e ela se entregou à sensação de formigamento.

CAPÍTULO 37

Quando abriu os olhos, Clara encontrou o rosto de Juju bem a sua frente.

– Você também não acha, amiga? – Juju parecia bem compenetrada na conversa.

"O que aconteceu? Eu voltei?"

Clara deu uma vasculhada rápida ao redor. Estava sentada no banco do jardim do colégio ao lado das amigas, como fazia sempre. Alunos e professores se apressavam em tomar o rumo de suas casas, mas nem sinal de Felipe.

"Emocional? Instintiva? Vocês estão aí?"

Clara teve o ombro empurrado.

– Você está fazendo de novo! – Juju reclamou.

– Fazendo o quê?

– Pensa que não sei que está querendo fugir do assunto? – Juju disse e puxando-lhe o rosto, a encarou.

Dessa vez, Clara não sabia mesmo sobre o que a amiga falava. Nem sabia que dia era, se tinha voltado no tempo ou caído direto no dia seguinte.

Juju deu outro empurrão de leve em Clara.

– Pare de fugir do assunto!

– Que assunto? Não estou fugindo de nada.

– Então, fala logo o que você acha do Felipe!

Os olhos arregalados de Juju indicavam sua ansiedade, e evidente paixonite, na espera pela resposta. Clara nem sabia o que pensar do garoto insuportável. Afinal, se tudo aconteceu como se lembrava, gostava mesmo de Felipe. E, caso tivesse imaginado toda aquela aventura, ainda assim, teria de aceitar que sua curiosidade e irritação com o garoto novo indicavam mesmo que existia uma paixonite no ar. No fim, sonho ou aventura, a única coisa que permanecia era sua paixonite e, por sorte, sua memória. "Espere aí", Clara pensou com o coração já em saltos. Conferiu o pulso esquerdo e a Marca da Estrela ainda estava lá. Ficou satisfeita em tê-la. "Sou uma Simples Mortal Pura... aguenta essa, Marina." Clara riu sozinha.

Nesse momento, Felipe surgiu descendo a escada feito uma avalanche. Seguiu pelo corredor que circundava o jardim central do colégio e logo chegou à fonte. Ele se manteve atento ao interior; mas, dessa vez, andou de um lado para o outro até que um jato d'água esguichou, subindo uns três metros de altura. Felipe deu um passo para trás no exato instante em que o braço d'água retornava.

Clara sabia bem o quanto a força da água era violenta e para onde ela o levaria.

– E aí? – Juju puxou o rosto de Clara. – Até quando vai fugir do assunto, amiga?

Clara respirou fundo e disse o que jamais esperaria:

– Quer saber? Talvez esse garoto novo não seja assim... tão ruim!

A amiga arregalou os olhos.

– Quem é você que abduziu minha amiga? – Juju arqueou as sobrancelhas. – Qual é, Clara? Esqueceu-se de que, desde o primeiro dia em que se viram, você não suporta o Felipe?

– Sim. Mas foi a única coisa que eu esqueci.

FIM